용서의 자격

용서의 자격

살인자의 아들이 된
한 소년의 고해

이토 미쿠 지음 | 고향옥 옮김

팀

고해(告解)

가톨릭 신자가 자신이 지은 죄를 뉘우치고
사제를 통해 신에게 고백하여 용서를 구하는 일.

언제 비가 내려도 이상하지 않을 정도로 날씨가 끄물끄물했다. 엄마는 나와 아빠의 도시락을 챙기면서 얼른 아침을 먹으라고 잔소리했고, 남동생 슈헤이는 2층에서 수영모를 찾는다고 부산을 떨었다.

어차피 비 오면 수영 수업은 못한다고 말해 줄까도 싶었지만 매사에 융통성 없는 슈헤이가 내 말을 들을 리 없다. "혹시 비 그치면 어떡해?" 하면서 꼬치꼬치 따지고 들면 그것도 성가실 것 같아서 모른 척했다.

식탁에는 여느 아침처럼 햄에그, 양상추와 토마토 샐러드, 그리고 오렌지주스가 차려져 있다. 토스터에 식빵을 두 장 넣어 놓고 식탁에 앉았다.

"아빠는?"

평소 같으면 진즉 아침을 다 먹었을 시간이지만 여태 손도 대지 않은 접시가 아빠 자리에 있다.

"웬일이라니, 아직 안 일어났나?"

엄마는 거실 문을 열고 계단을 올려다보면서 "여보!" 하고 소리 쳤다.

아빠가 늦잠을 다 자고, 별일이네. 그런 생각을 하고 있자니 땡 하고 토스터가 울렸다. 살짝 탄 식빵에 마가린을 바르고, 그 위에 차려진 아침을 전부 올린 뒤 나머지 식빵으로 덮었다.

"또 그렇게 지저분하게 먹지."

엄마는 못마땅한 모양이지만 아침 시간에 이보다 더 효율적인 방법이 없다. 엄마는 더는 말하지 않고 도시락 두 개를 보자기로 쌌다.

"여름에는 도시락이 상할까 봐 신경 쓰인다니까. 료헤이, 되도 록 시원한 데 놔둬."

"알았어."

매일 아침 엄마가 입버릇처럼 하는 말이다.

"슈헤이."

이번에는 거실 문밖으로 얼굴을 내밀고 슈헤이를 불렀다.

"아! 찾았다, 찾았다!"

쿵쿵 소리를 내면서 계단을 뛰어내려 온 슈헤이가 노란 수영모를 흔들어 보였다. 이마에 송골송골 땀이 맺혀 있다. 수영모에는 '2-1 오토이시 슈헤이'라고 적힌 이름표가 민망할 정도로 큼지막하게 박혀 있다.

"정리를 제대로 안 하니까 그러잖아. 이제 빨리 먹어."

"알았어."

내 옆자리에 앉은 슈헤이는 식빵 한 장을 접시에 담았다.

"슈헤이, 오늘도 빵 안 구워?"

"응, 난 부드러운 게 좋아."

슈헤이가 "구운 식빵은 입 안이 아파서 싫어."라고 말했을 때, 솔직히 헉했다. 그런데 엄마는 "우리 슈헤이가 재밌는 말을 하네."라면서 왠지 뿌듯한 얼굴이었다.

슈헤이는 중3인 나보다 일곱 살 어리다. 터울이 많이 져서 그런지 엄마는 아직도 슈헤이를 어린아이 취급한다. 나와 달리 슈헤이는 순진하고 지나치게 성실한데다 신중한 점까지 엄마를 닮아서 엄마와 마음이 잘 통한다. 나는 굳이 따지면 아빠를 닮았다. 토스트 사이로 토마토 즙이 주르르 흐르던 찰나 현관 인터폰이 울렸다.

순간, 엄마와 눈이 마주쳤다. 시계를 보니 7시 20분이었다.

"누구지?"

고개를 갸웃거리며 인터폰을 든 엄마가 "네?"라고 말끝을 올렸다.

"잠깐만 기다리세요."

"누군데?"

엄마는 대꾸도 없이 2층으로 올라가더니 곧바로 내려왔다.

"너희는 얼른 먹고 학교 갈 준비해."

그렇게 이르고 거실 문을 닫았다. 현관문 여는 소리가 나더니 뒤이어 남자 목소리가 들렸다.

"안녕하십니까."

슈헤이가 불안스레 내 셔츠를 잡아당겼다.

"형."

"괜찮아, 얼른 먹어."

슈헤이를 다독이고 일어나서 거실 문손잡이를 천천히 돌렸다. 2층에서 아빠가 내려오는 소리가 났다. 엄마와는 다르게 느릿한 발소리다. 이따금 삐걱삐걱 소리가 들렸다. 평소 출근할 때처럼 양복 차림으로 내려온 아빠는 그대로 현관으로 갔다.

거실 문을 빼꼼 열자 셔츠에 양복바지 차림인 남자 두 명이 현관에 서 있었다. 한 사람은 아빠처럼 40대, 또 한 사람은 20대정도로 보였다.

그들을 마주하며 아빠가 서 있고, 아빠 옆에 엄마가 있다.

"신주쿠 경찰서의 다나베라고 합니다. 오토이시 고헤이 씨 맞으

시죠?"

경찰이 왜 아빠를? 쿵 하고 심장이 내려앉았다.

"……"

"스즈키 마사키 씨 건으로 말씀을 좀 듣고 싶은데, 같이 가 주시 겠습니까?"

"……"

신분을 밝힌 경관의 목소리만 들릴 뿐 아빠 목소리는 들리지 않 는다.

"저, 저어……. 도대체 무슨 일이시죠?"

엄마 목소리가 떨린다.

"임의 동행하시는 것뿐입니다."

다나베 경관과 함께 온 젊은 경관이 대답했다. 정작 아빠는 아 무 말 없이 현관에 있는 구두에 발을 꿰었다.

엄마가 아빠 팔을 붙잡으며 "고헤이, 무슨 일이야?"라고 물었다.

"남편분께 여쭤보고 싶은 것이 있습니다."

다나베 경관의 말에 엄마는 고개를 들었다.

"임의라면, 거절해도 되는 거죠? 그렇잖아, 고헤이?"

슈헤이가 내 옆을 지나서 현관으로 뛰어갔다. 슈헤이가 "아빠!" 하고 부르며 와락 다가들었을 때, 아빠의 옆얼굴이 보였다. 화가 난 듯하면서도 왠지 금방이라도 울 것 같은 표정으로 아빠는 슈헤이의 팔을 풀어 엄마 쪽으로 밀어냈다. 슈헤이가 다시 아빠를 끌어안으려 하자 엄마는 잡고 있던 아빠 팔을 놓고 슈헤이를 품에 안았다.

"괜찮아. 아빠는 금방 돌아오실 거야. 경찰 아저씨가 아빠한테 물어보고 싶은 게 있대. 그러니까 이야기 끝나면 바로 돌아오실 거야. 여보, 그렇지?"

엄마가 얼굴을 든 것과 동시에 다나베 경관이 젊은 경관에게 눈짓했다.

"그럼, 가시죠."

젊은 경관이 현관문을 열자, 눅눅하고 미지근한 바람이 훅 들어왔다. 둘은 아빠 양옆에 바짝 붙어 현관을 나갔다.

"엄마."

슈헤이를 안은 채 우두커니 서 있는 엄마를 부르자 엄마는 놀란 표정으로 얼굴을 돌렸다. "엄마." 하고 한 번 더 부르자 그제야 엄마는 스위치가 켜진 것처럼 목소리 톤을 높였다.

"서두르지 않으면 학교 지각해."

"어?"

"자, 빨리빨리. 슈헤이도 세수하고 와. 양치도 잊지 말고. 그리고 수영 수업 있다면서, 열 재야지."

엄마는 아무 일도 일어나지 않았던 것처럼, 평소와 같이 우리를 재촉했다. 슈헤이는 코를 훌쩍훌쩍하면서 세면대로 가더니 "형."
하고 얼굴을 들었다. 세면대 거울 너머로 눈이 마주쳤다.

"우리 아빠, 나쁜 짓 한 거야?"

"말도 안 돼."

"그렇지만……."

"나쁜 짓 했다면 체포됐겠지? 아빠가 수갑 찼어?"

"아니." 하고 슈헤이가 고개를 가로저었다.

"그렇지?"

내가 웃자 슈헤이도 히죽 따라 웃고는 고개를 끄덕였다.

"좋아. 그럼 빨리해. 지각해도 괜찮으면 천천히 하든가."

"지각하기 싫어!"

슈헤이는 황급히 칫솔에 치약을 짜서 입에 물었다.

거실로 가자 엄마는 나에게 "도시락 챙겨."라고 말하면서 슈헤
이의 수영장 카드에 도장을 찍었다. 그 손이 희미하게 떨렸다.

"괜찮은 거야?"

"괜찮지 그럼. 아빠는 금방 돌아올 건데."

"아빠 얘기가 아니라……."

엄마는 "자." 하고 도시락을 내밀고 엷게 웃었다.

"좀 놀란 것뿐이야. 드라마에서나 보던 일이잖아."

슈헤이가 쿵쾅거리며 거실로 들어왔다. 소파 위에 있던 남색 책가방을 등에 메고 수영 가방을 집어 들었다.

"슈헤이, 열 쟀니?"

"앗."

"저런."

엄마는 슈헤이의 이마에 손을 짚고, "정상."이라고 말하고 수영장 카드에 36.3도를 적어 넣었다.

"아직 안 쟀는데."

"엄마가 손으로 쟀으니까 괜찮아."

"에이, 뭐야." 하고 볼멘소리로 대꾸하는 슈헤이에게 "자, 지각하겠다."라면서 엄마는 책가방을 탁 쳤다.

"다녀오겠습니다."

그 뒤로 나도 바로 집을 나왔다.

수업 시작 직전에 교실로 뛰어 들어갔다. 교실 한가운데 자리에 앉은 노노야마 미카가 손을 흔들었다. 가볍게 오른손을 들어 답하자 미카는 쑥스러운 듯이 웃었다.

미카와는 보름 전부터 사귀기 시작했다. 6월부터 다니기 시작한 학원에 미카도 다니고 있었고, 집에 오는 길이 같아서 말을 트게 됐다. 그리고 2주 전쯤, 학원에서 돌아오는 길에 미카에게 고백을 받았다. 미카에 대해서는 좋은 감정도 싫은 감정도 없었지만 딱히 거절할 이유도 없어서 고백을 받아들였다.

"뭐냐, 너희 둘 잘돼 가는구나."

어디서 보고 있었던지, 나카자와 다모쓰가 나에게 어깨동무를 해 왔다.

"덥다, 치워라."

나카자와와는 초등학교 5학년 때부터 친하게 지내는 친구다. 나카자와의 팔을 떨쳐 내고 창가 자리로 가서 앉자 나카자와가 옆으로 와서 내 책상 위에 두 팔을 올려놓았다.

"료헤이, 다음 일요일에 시간 있어?"

"왜?"

"칠석날 축제잖아. 함께 안 갈래?"

"너랑?"

인상을 쓰자, 나카자와는 "아니."라면서 입을 삐죽였다.

"나랑 에리나, 너랑 미카, 이렇게 넷이서. 어때?"

나카자와와 에리나는 1학년 때부터 사귀는 사이다. 부모님들도 공인한 커플로, 서로의 집에도 놀러 다니고 학교에서도 늘 붙어 다닌다.

"몰라. 아니지, 너희끼리 가면 되잖아."

"그래도 되는데, 에리나랑 미카가 너한테 말해 보라잖냐."

"아, 그런 거였어?"

"갈 수 있어? 가는 거지? 이제 뭐 동아리도 안 하는데, 시간 남아 돌잖아."

"시간 없거든. 학원에 다니잖아."

"미카가 그러던데, 그날은 학원 안 간다고."

"……."

"가끔은 그런 데도 좀 가고 그러면 어때서. 미카랑 아직 아무 데도 안 갔지?"

듣고 보니 그렇다. 학원에서 돌아오는 길에 공원에서 이야기하는 게 전부다.

"그럼, 약속한 거다!"

"아, 그러지 뭐."

내 대답을 들은 나카자와는 뒤돌아 미카와 에리나를 향해 손가락으로 브이 자를 해 보였다.

"축제라고……."

"자, 자리에 앉아!"

교실 앞문이 열리고 담임이 들어왔다.

2교시가 끝날 무렵, 비가 내리기 시작했다. 굵은 빗방울이 유리창을 타고 흘러내렸고, 창밖은 아침보다 어둑어둑했다.

"결국은 비가 오네."

갑자기 귓가에서 소리가 나 깜짝 놀랐다.

"아, 미안. 놀랐어?"

미카가 나를 살피듯이 말하고 어깨를 움츠렸다.

"아니, 좀 멍하니 있었거든."

"다행이다."

미카는 생긋 웃어 보이고, 내 앞자리에 앉았다.

"축제, 고마워."

"고맙긴. 근데 그걸 왜 나카자와 통해서 말해?"

내가 묻자 미카는 집게손가락을 입술에 대고 눈을 깜빡이더니 망설이듯 대답했다.

"또 거절당하면, 나 충격받을 거 같아서."

"뭐?"

"지난주 일요일에, 아쿠아 가자고 했다가 거절당했잖아."

아쿠아는 멀지 않은 곳에 있는 쇼핑센터다.

"쇼핑하는 거 싫어해서."

"그럼 뭘 좋아하는데?"

"딱히 생각나는 건 없는데, 축제는 싫어하지 않아."

"불꽃놀이는?"

"좋아하지."

"우아! 그럼 축젯날, 불꽃놀이도 하자."

"좋아, 그러자."

미카는 하얀 이를 보이며 웃고는 의자를 내 옆으로 가까이 끌어 당겼다.

"오늘 학교 끝나고, 우리 집에서 같이 공부하지 않을래?"

"미안, 오늘은……."

오늘은, 집에 빨리 가야 해…….

"에이, 학원도 안 가는데, 잠깐이라도 안 돼?"

"미안해."

빨리 집에 가서 아빠한테 직접 아침 일에 대해 듣고 싶다. 무슨 일이 있었는지, 경찰이 왜 아빠를 찾아왔는지. 아빠는 나쁜 짓 한 거 없다고, 괜찮다고…….

"우리 집 말고 도서관이라도 좋아."

"그러니까……."

"아, 내가 갈까? 너희 집으로."

"너 왜 이렇게 끈질기냐!"

엉겁결에 거칠게 내뱉자 미카의 얼굴이 굳어졌다. 시끌벅적하던 교실 안이 갑자기 조용해지면서 옆 교실에서 나는 소란스러운 소리와 빗소리만 남았다.

"미안." 하고 사과했지만, 말이 끝나기 무섭게 미카는 자리를 박

차고 교실 밖으로 뛰쳐나갔다.

"미카!"

무슨 까닭인지 에리나는 나카자와의 팔을 세게 한 방 먹이고는 미카 뒤를 쫓아 뛰어나갔다.

"불똥이 왜 나한테 튀냐."

장난기 섞인 나카자와의 한마디에 교실 분위기가 누그러졌다. 좀 더 부드럽게 할 수 있었는데, 할 수도 있었을 텐데……

"나중에 사과해라."

나카자와가 손끝으로 내 책상을 톡 치며 말했다. 화낼 일도 아니었다. 미카는 아무 잘못이 없다.

"알아." 하고 나직이 대꾸하고 창밖으로 눈길을 돌렸다. 단지 내가 초조했을 뿐이다.

"우리 아빠, 나쁜 짓 한 거야?"

"말도 안 돼."

슈헤이에게는 그렇게 대답했다. 하지만 정말 그럴까? 아빠가 경찰에 잡혀갈 만한 일을 할 리가 없다. 나쁜 짓을 할 리가 없다. 있어 봐야 고작 주차 위반이나 길에서 주운 동전을 주머니에 슬쩍 챙긴 정도일 것이다. 괜찮다. 걱정할 거 없다. 아침부터 수백 번을 그렇게 생각했지만 뱅글뱅글 맴도는 정체 모를 불안에 사로잡혔다.

관자놀이 부분이 꽉 쥐어짜는 듯이 아프고 답답하다. 결국 수업이 다 끝날 때까지 미카와 눈을 마주치지 못한 채로 학교를 나왔다.

　현관문을 열자 슈헤이가 뛰어나왔다. 슈헤이는 내 얼굴을 보자마자 노골적으로 낙담한 표정을 드러냈다. "아빠, 아직 안 왔어?" 하고 물었더니 슈헤이는 고개를 겨우 끄덕이고는 등을 돌렸다. 그 등을 살짝 떠밀면서 거실로 들어가자 엄마가 부엌 식탁 의자에서 엉거주춤 일어나며 억지웃음을 지었다.

　"다녀왔습니다."

　"어서 와."

　엄마는 그렇게 대답하고 다시 털썩 앉았다. 식탁 위에 무선 전화기와 휴대폰이 있다.

　"너무 추운 거 아냐?"

　냉방을 끄자 그제야 엄마는 작게 "아." 하고 두 팔을 문질렀다.

　"도시락 통 꺼내 놔."

　"응."

　가방에서 도시락 통을 꺼내 부엌으로 가 보니 개수대에 아침에 먹은 그릇이 그대로다. 평소에 엄마는 부엌이 어질러져 있으면 정신 사납다면서 식사가 끝나자마자 곧장 설거지부터 한다.

　엄마를 흘끗 보고는 도시락 통을 열었다. 거의 손도 대지 않은 밥과 반찬을 비닐봉지에 넣어 버리는데 전화가 왔다. 엄마는 전화 벨이 울리자마자 수화기를 들었다. 소파에 누워 있던 슈헤이도 벌떡 일어나 엄마를 보았다.

"아아, 그래."

목소리 톤이 낮았다.

"잠깐 기다리렴. 슈헤이."

엄마는 슈헤이에게 전화기를 건네며 당부했다.

"미안한데 빨리 끊어 줘."

슈헤이는 수화기를 귀에 대고 "여보세요. 아, 15쪽이야."라고 말하고 전화를 끊었다.

"마 군. 수학 숙제 몇 쪽인지 알려 달래."

"그랬구나."

묻지도 않았는데 슈헤이는 엄마에게 전화 내용을 알렸다. 평소에도 그랬다.

"슈헤이, 넌 숙제 다 했어?"

"아직."

"그럼 어서 해야지. 자, 방으로 가."

엄마는 "어서어서." 하고 슈헤이를 2층 방으로 쫓아 보내고 식탁 위에 있는 휴대폰을 핸드백에 넣었다.

"어디 가게?"

"잠깐."

"어디?"

대답하지 않으려는 엄마에게 "경찰서?" 하고 재차 묻자 그제야 엄마는 희미하게 고개를 끄덕였다.

"나도 갈래."

"안 돼."

"왜?"

엄마는 천장을 한 번 올려다보고 목소리를 낮췄다.

"경찰서는 어린애가 갈 데가 아니야. 괜찮을 거야. 임의 동행은 구속할 권리가 없대."

엄마가 어떻게 그런 걸 알고 있느냐고 물어볼까 했지만 그만두었다. 엄마는 알고 있던 게 아니다. 알아본 거다.

"슈헤이한테는 장 보러 간다고 해 둘 거니까, 잘 데리고 있어."

그렇게 말하고 엄마는 2층으로 올라가더니 금세 내려왔다.

"그럼 다녀올게."

"응."

엄마가 나가자마자 슈헤이가 내려왔다. 말없이 텔레비전을 켜고는 소파 위로 올라가 무릎을 끌어안았다.

"숙제는 다 한 거야?"

"아니."

슈헤이는 고개를 가로저으며 리모컨을 들었다.

애니메이션 〈마이크로 몬스터〉, 날씨 예보, 광고, 광고, 퀴즈 프로그램 예고, 홈쇼핑 채널, 정치가의 사퇴 기자 회견, 여름 데이트 장소 추천, 가성비 점심 특집, 날씨 예보, 광고, 날씨 예보…….

텔레비전 화면이 쉭쉭 바뀌었다. 잠자코 그걸 지켜보다가 "옷 갈아입고 올게." 하고 거실을 나왔다.

2층에 있는 내 방 문을 열었다. 방 안이 후끈한 공기로 가득했다. 에어컨을 틀고 그대로 침대에 누워 눈을 감았다. 에어컨 실외기 소리와 빗소리가 유난히 크게 들렸다. 평소 같으면 신경도 쓰이지 않을 일들 하나하나가 몹시 거슬린다.

주머니 안에서 휴대폰이 진동했다. 누운 채로 꺼내 보니 미카에게서 온 문자 알림이다. 문자를 확인하지 않고 그대로 휴대폰 전원을 끈 뒤 침대에 내던졌다.

어제 이맘때는 무얼 하고 있었더라. 학원에 갔었지, 학원에 있었다. 다음 주 시험에 대비하느라 싫어하는 영어를 공부하며 한숨을 쉬었지. 수업 끝나고 잠깐 공부할까 하고 자습실을 들여다보니 자리가 꽉 차 있었다. 미카가 나를 맥도날드로 끌고 갔다. 널찍한 내부에 손님은 드문드문 앉아 있는 정도여서 오래 있어도 눈치 보지 않아도 될 것 같았다.

"맥도날드는 이럴 때를 대비해서 있는 거야."

그렇게 말하며 웃는 미카에게 나도 피식 웃어 보였다. 나는 콜라와 감자튀김을, 미카는 아이스티와 애플파이를 사 들고 창가 자리에 앉았다. 미카는 영어를 잘하는지, 교재와 눈싸움만 하는 내게 알기 쉽게 가르쳐 주었다. 샴푸인지 섬유 유연제인지 미카에게서 달콤한 향이 났다.

이런 걸……, 일일이 떠올릴 필요는 없다. 그냥 학원에 갔을 뿐이고, 미카와 맥도날드에서 공부했다. 그뿐이다. 평소 같으면 그냥 흘려보낼 일이다.

묵직한 숨을 내쉬자 배 속에서 소리가 났다. 티셔츠와 반바지로 갈아입고 거실로 내려가자 슈헤이는 아까 자세 그대로 계속 채널을 돌리고 있다.

"라면 먹을래?"

"안 먹어."

슈헤이는 텔레비전 화면에서 눈을 떼지 않고 대답했다.

"그래, 난 먹을 건데."

가스레인지에 냄비를 올리고, 선반 위 바구니에서 라면을 꺼냈다. 점심에는 입맛이 없어서 거의 못 먹었다. 그래서인지 허기가 밀려왔다.

냄비의 물이 부글부글 끓고 김이 올랐다. 라면만 두 개 넣고 햄이나 달걀, 채소 같은 것은 넣지 않았다. 냄비째 라면을 들고 식탁으로 가다가 슈헤이와 눈이 딱 마주쳤다.

"배고프지? 그릇 가져와."

슈헤이는 리모컨을 소파 위에 놓고 그릇장에서 동글동글 갈색 물방울무늬가 그려진 밥공기를 꺼내 왔다.

작년 여름 가마쿠라에 갔을 때 슈헤이가 그림을 그려 넣은, 세상에 단 하나뿐인 밥공기다. 완성된 밥공기를 택배로 받았을 때, "웬 감자를 그린 거야?" 하고 웃었더니 슈헤이는 눈물이 그렁그렁한 눈으로 "다코야키, 다코야키란 말이야!" 하고 소리쳤다. 화를 내는 슈헤이가 우스워서 "사슴 똥이라고 안 한 게 어디야." 하면서 놀리자 아빠는 "형이 그림 보는 눈이 없군. 아무리 봐도 이건 다코야키고만." 하고 슈헤이의 머리를 쓰다듬어 주었다.

나는 아빠와 생김새가 닮았지만, 아빠만큼 다정하지는 않다.

"이리 줘 봐."

다코야키가 그려진 밥공기에 면을 담고, 냄비를 기울여 국물을 따랐다. 식탁 위로 국물이 조금 쏟아지자 슈헤이가 얼른 행주를 가져왔다.

9시가 다 되었을 때 현관에서 기척이 났다.

"엄마다!"

슈헤이는 소파에서 뛰어내려 거실 문으로 달려갔다.

"다녀왔어."

엄마의 얼굴을 보자 마음이 심란해졌다.

"늦었네."

슈헤이가 빈손으로 돌아온 엄마를 보며 "엄마, 장 안 봤어?" 하고 물으니 엄마가 우물거렸다.

"다 팔렸어?"

"아…… 응, 맞아. 다 팔렸나 봐."

대답하는 엄마의 눈빛이 살짝 흔들렸다.

"배고프지? 금방 밥 차릴게."

"아까 라면 먹었어."

"슈헤이도?"

"형이 덜어 줬어."

"그랬구나. 그럼 이제 목욕해야지. 료헤이, 슈헤이 데리고 목욕 좀 할래?"

슈헤이는 아직도 엄마와 같이 목욕한다. 나는 언제까지 엄마와 함께 목욕했을까. 슈헤이가 태어난 게 초등학교 1학년 때니까, 그쯤부터 혼자 했을 거다. 특별히 엄마나 아빠가 시킨 것도 아니고, 내가 자립적인 것도 아니다. 엄마에게 조산 기미가 보여 슈헤이를 낳기 전 3개월 동안 병원에 입원해 있었기 때문이다.

"너, 아직도 혼자 목욕 못 해?"

내 말에 부루퉁해진 슈헤이가 "나 혼자 할래." 하고 대꾸했다.

"근데 슈헤이, 혼자 머리 감을 수 있어?"

"감을 수 있어!"

슈헤이는 얼굴이 벌게져 욕실로 들어갔다. 드르륵 욕실 미닫이 문이 닫히고, 샤워기 소리가 나는 것을 확인한 후에야 엄마에게 물었다.

"아빠는?"

엄마는 식탁 의자에 털썩 앉더니 왼손으로 이마를 짚었다.

"왜 같이 안 왔어? 임의 동행은 구속할 수 없다고 했잖아."

"체포됐대."

"……뭐?"

가슴에 찬바람이 휘잉 불었다.

"임의 동행으로 경찰서에 가자마자 바로."

"왜, 아빠가 뭘 어쨌는데?"

엄마는 두 손으로 얼굴을 감싸고 고개를 마구 흔들었다.

"엄마……."

"몰라."

"안 물어봤어?"

엄마는 얼굴을 들고 나를 쳐다봤다.

"물어봤는데 말을 안 해 줘. 아빠도 못 만났고. 그래서 할아버지한테 전화했더니 일단 변호사한테 상담해 보는 게 좋겠다고 하시더라. 아는 변호사도 소개해 주서서 전화하니까 변호사가 당장 경찰서로 가 보겠대."

체포, 변호사, 경찰, 임의 동행……. 하나같이 낯선 단어들이다. 그것도 드라마나 소설, 뉴스에나 나올 법하지 우리 집에서는 아니다.

"그런데 아직 몰라."

"모른다고?"

"오인 체포란 것도 있으니까. 그런 얘기 많이 하잖아."

그렇다, 경찰이 뭔가 착각한 게 틀림없다. 분명 오해다. 그런데도 몹시 심란하다. 아침에 아빠는 아무 말도 없었다. 우리에게 아무 말도 하지 않고 집을 나섰다.

"이 얘기, 슈헤이한테는 하지 마."

마침 욕실 문 열리는 소리가 났다.

"그래도……."

잠옷으로 갈아입은 슈헤이가 거실 문을 열고 들어오자 엄마는 애써 웃어 보였다.

"머리는 제대로 헹군 거야?"

"응."

"이리 와."

엄마는 슈헤이를 끌어당겨 수건으로 머리를 북북 문질렀다.

"잘 닦아야지."

"내가 할래."

슈헤이는 몸을 틀어 엄마한테서 떨어졌다. 머리 위에 올린 수건을 앞뒤로 비비며 나직이 중얼거렸다.

"우리 아빠가 나쁜 짓을 했나."

슈헤이의 얼굴은 수건에 가려 보이지 않았다. 하지만 그 말투는 너무나도 태평했다. 마치 "내일 맑으려나."라든가, "마 군, 숙제했나 몰라." 같은 말을 하는 투였다. 그래서 오히려 부자연스럽고 불길하게 들렸다.

"슈헤이, 왜 그런 이상한 말을 하고 그래."

엄마는 눈에 띄게 동요했다.

슈헤이는 수건을 목에 걸고 얼굴을 들었다. 새빨개진 눈으로 엄마와 마주보았다.

"아빠가 그럴 리 없잖아."

"왜…… 왜 나한테만 말 안 해 주는 거야!"

울음을 참는지, 슈헤이의 어깨가 들썩거렸다.

"슈헤이, 아빠가 나쁜 짓을 할 리가……."

"엄마!"

이번에는 내가 나서서 엄마의 말을 잘랐다. 나라면, 나였다면 모르는 게 훨씬 더 불안할 거다. 엄마는 슈헤이의 눈을 피하고, 등을 돌렸다.

"아빠, 어디 있어?"

슈헤이가 재차 물었다. 나는 슈헤이의 팔을 잡고 엄마 대신 대답했다.

"아빠는 경찰서에 있어."

"오늘 집에 와?"

"아니, 체포됐대. 근데 왜 체포됐는지도 모르고, 또 잘못 체포됐을 수도 있대. 그래서 할아버지한테 의논했는데, 할아버지가 변호사를 경찰서로 보낼 거래."

"변호사……."

"그래. 드라마 같은 데서 본 적 있지?"

슈헤이가 고개를 한 번 끄덕였다.

"〈독설 변호사〉."

"아……, 그건 말이야."

독설가인 변호사가 아슬아슬하게 법률에 저촉되지 않는 범위에서 온갖 수법과 술수를 총동원해 재판에서 이기는 내용의 법률 드라마다.

"그런 변호사도 있긴 하겠지만 진짜 변호사는 제대로 해."

안심시킬 생각으로 한 말이었지만 슈헤이는 조금 실망하는 얼굴이었다.

"슈헤이, 미안해. 하지만 지금은 변호사의 연락을 기다릴 수밖
에 없어. 틀림없이 괜찮을 거야. 아빠가 나쁜 짓을 했을 리 없으니
까 금방 돌아올 거야."

엄마는 아주 희미하게 웃어 보였다.

다음 날 아침, 눈을 떴는데 방 안이 어둑어둑했다. 시계를 보니
막 6시가 지났다. 어젯밤에는 일찍 침대에 누웠지만 좀처럼 잠이
오지 않았다. 그런데도 평소보다 일찍 잠이 깼다. 티셔츠는 흠뻑
젖었고, 목덜미가 서늘했다. 커튼을 열어젖히자 부슬부슬 비가 내
린다.

"엄마, 잘 잤어?"

거실에 내려가자 엄마는 나를 보고 놀란 듯이, "일찍 일어났네."
하고는 부엌으로 들어갔다. 엄마 눈 밑에 다크서클이 또렷했다.

"엄마, 잠 못 잔 거야?"

"못 자긴. 잠이 좀 일찍 깬 것뿐이야."

쌀을 씻는 엄마의 얼굴에 피곤한 기색이 역력했다.

"도시락 안 싸도 돼. 빵 사 먹을게."

"괜찮아. 시간 되니까 싸 줄게."

전기밥솥에 밥을 안치며 엄마는 말을 이었다.

"엄마 오늘, 변호사한테 갔다 올게."

"전화 왔었어?"

"응."

"아빠는 어떻대?"

"만나서 얘기하재."

불길하다. 별일이 아니라면 전화로 말해 주지 않았을까.

"나도 갈까?"

"괜찮아. 넌 학교 가. 다음 주 시험이잖아."

"그렇긴 한데……."

"아빠 일은 엄마한테 맡겨. 변호사 얘기 잘 듣고 올게."

내가 고개를 끄덕이자 엄마는 미소 지었다.

"엄마."

"응?"

"변호사랑 얘기한 거, 나한테 숨기지 마."

"알았어."

7시 넘어 슈헤이가 일어났다. 잠옷 차림으로 눈을 비비면서 거실로 나오더니 다시 소파에 가서 누웠다.

"슈헤이, 잘 잤니?"

엄마는 볼에 달걀을 깨면서 "밥 거의 다 됐으니까, 세수하고 와." 하고 말했지만 슈헤이는 소파 위에 누운 채 꼼짝도 안 했다.

"슈헤이, 빨리 안 일어나면 지각한다."

평소 같으면 지각이란 말만 들어도 조급하게 구는데 오늘은 별 반응이 없다. "슈헤이." 하고 재촉하며 팔을 잡은 순간 가슴이 덜컥했다. 팔이 뜨거웠다.

"열이 있는 거 아니야?"

내 말에 엄마는 슬리퍼 소리를 울리며 뛰어왔다. 슈헤이 이마에 손을 짚자마자 엄마의 표정이 흐려졌다.

"열이 있네. 슈헤이, 침대로 가. 열 좀 재 보자. 료헤이, 넌 어서 밥 먹어."

엄마는 슈헤이를 데리고 2층으로 올라가더니 금세 내려왔다.

"몇 도야?"

"38.8도. 아마 심리적인 문제일 거야."

"아아."

고개를 끄덕였다. 슈헤이는 딱히 몸이 약한 건 아니다. 다만 엄마와 아빠가 싸우거나 유치원 운동회 전날이나 키우던 붉은귀거북이 죽었을 때처럼 크고 작은 충격을 받은 다음이면 열이 나곤 했다. 엄마는 그런 슈헤이를 두고 섬세하다느니 예민하다느니 하지만 내가 보기에는 나약할 뿐이다. 어쨌거나 그런 원인으로 나는 열은 대개 하룻밤 자고 나면 떨어진다.

엄마가 흘끔 벽시계를 봤다.

"변호사한테는 몇 시에 가?"

"9시까지 가기로 했는데……. 지금 어머니한테 와 달라고 해도 늦을 것 같고."

엄마가 말하는 어머니는 외할머니다. 마치다에 사셔서 마치다 할머니라고 부른다.

"료헤이, 미안하지만 엄마 올 때까지 집에 좀 있어 주겠니?"

"그럴게."

"미안하다. 시험 얼마 안 남았는데."

"괜찮다니까."

속으로는 마음이 놓였다. 학교에 가 봐야 수업에 집중할 수도 없을 거다. 신경이 곤두서서 어제처럼 누군가에게 화풀이할지도 모른다. 어쨌든 학교 가는 게 마음이 무거웠다. 상황을 모르니까 불안하고 그래서 신경이 곤두서고…….

엄마가 변호사에게 정확한 사실을 듣고 오면 그때는 이렇게 불안하지도 않을 거다. 사실을 알고 나면 괜찮다. 아빠, 그렇지? 괜찮은 거지? 아빠를 믿어도 되는 거지?

슈헤이는 엄마가 쑤어 준 죽을 먹고 그대로 잠이 들었다. 작게 숨소리를 내면서 자는 동생을 바라보자니 한숨이 나왔다. 지금 열이나 날 때냐는 생각과 열이 날 만도 하다는 생각이 뒤섞였다. 슈헤이는 불안한 거다. 나도 뭐가 어떻게 된 일인지 모르거니와 어떻게 해야 할지도 모르겠다.

에어컨을 약하게 조절해 놓고 방을 나왔다. 바로 옆 내 방으로 돌아와 침대에 드러눕자 허리에 딱딱한 것이 닿았다. 휴대폰이다. 어제부터 꺼 둔 채였던 걸 떠올리고 전원을 켜자 몇 번 부르르 진동이 전해졌다.

문자가 여덟 건 들어와 있다. 거의 나카자와와 에리나한테서였고, 미카한테서도 하나. 나카자와는 '야, 그렇게 땡땡이칠래?', '빨리 사과해.' 따위의 짤막한 문자들을 보냈고, 에리나는 미카가 불쌍하다며 원망을 담은 장황한 문자를 몇 번이나 보냈다. 그러다 마지막에는 '쓰레기!'라는 한마디 문자로 끝났다. 그리고 미카한테서는 '오늘 미안했어. 축제, 기대할게.' 하는 문자가 전부다. 미카가 사과할 일 따위는 없다. 오히려 나한테 욕이라도 실컷 해 주는 게 훨씬…….

이렇게 생각하면 이기적인 건가. 숨을 크게 쉬고 '어제는 미안.'이라고 답장을 보내자, '무슨.'이라는 문자와 함께 웃는 이모티콘이 득달같이 돌아왔다. 지금 수업 시간인데……. 미카를 생각하고 피식 웃었더니 마음이 조금 가벼워졌다. 휴대폰을 꼭 쥔 채로 오른팔을 눈 위에 올렸다.

퍼뜩 잠이 깼다. 어느새 오후 1시가 넘어 있었다. 부랴부랴 침대에서 내려와 옆방을 들여다보니 슈헤이는 아직 자고 있다. 살그머니 방문을 닫고 계단에 난 창으로 밖을 내다보았다. 비가 세차게 내리고 있었다. 엄마가 늦네, 하고 다시 시계를 보던 찰나 현관에서 문 여는 소리가 났다.

"엄마 왔어?" 하고 계단을 내려가 거실 문을 열려다가 현관 쪽에서 나는 기척에 돌아보았다. 엄마가 바닥에 주저앉아 있었다.

"엄마! 왜 그래?"

머리부터 흠뻑 젖은 엄마의 어깨에 살짝 손을 얹었다. 고개를 든 엄마의 얼굴을 보는 순간, 오싹 소름이 돋았다. 얼마나 울었는지 눈이 퉁퉁 부었고, 텅 빈 눈동자에 흰자위는 붉게 충혈돼 있었다.

엄마의 이런 모습은 처음 본다. 무슨 일이냐고 묻고 싶지만 목이 메어 말이 나오지 않았다. 물어보고 싶은데, 물어보는 게 겁도 났다. 마른 입술을 핥고 침을 삼켰다.

"엄마, 욕실로 가. 이러다 감기 걸려."

엄마의 팔을 어깨에 둘렀다. 목에 닿은 엄마의 팔이 차디찼다. 그렇게 엄마를 부축해서 일어서려다 조금 휘청거렸다. 온몸의 힘이 다 빠져나가서 그런지 엄마는 나보다 체중이 가벼울 텐데도 꽤 무겁다. 무겁게 느껴진다.

"엄마." 하고 불렀지만 대답이 없다. 복도에 달팽이가 지나간 것 같은 흔적을 남기며 욕실까지 천천히 엄마를 부축해 갔다. 무너지 듯 욕실 바닥에 주저앉은 엄마는 그대로 움직이려고 하지 않았다.

"감기 걸려. 빨리 샤워하는 게⋯⋯."

엄마 어깨에 목욕 수건을 걸쳐 주고 욕실을 나오려는데 엄마 목소리가 들렸다.

"응?"

"⋯⋯래."

"어? 뭐라고?"

"아빠⋯⋯."

"아빠 얘긴 나중에 들을게. 먼저⋯⋯."

"료헤이."

엄마가 내 팔목을 잡았다. 차디찬 손가락이 손목을 꽉 조여 왔다.

"사람을, 죽였대."

"⋯⋯."

"아빠가, 사람을."

"⋯⋯."

엄마가 지금 무슨 말을 하는 거지?

"료헤이, 아빠가⋯⋯."

무슨 소리야, 무슨 말을 하는 거냐고.

"살인, 혐의로 잡힌 거래."

"뭐?"

"료헤이."

"무슨 소리야."

엄마의 손을 뿌리쳤다. 손목에 빨갛게 자국이 남았다.

"거짓말이야."

엄마가 얼굴을 들어 내 얼굴을 빤히 바라봤다. 엄마의 눈이 여전히 새빨갛다.

"거짓말이야."

그럴 리 없다.

"료헤이."

살인? 아빠가? 아빠가 사람을 죽였다고? 거짓말이다. 그럴 리없어. 그럴 리가 없다고.

"아빠는⋯⋯."

"그만!"

주먹 쥔 손으로 욕실 벽을 세게 치고는 밖으로 뛰어나왔다.

거짓말⋯⋯. 거짓말이다, 거짓말이다, 거짓말이다, 거짓말이다, 거짓말이다, 거짓말이다, 거짓말이다, 거짓말이다, 거짓말이다, 거짓말이다.

분명 거짓말이다. 아빠는 사람을 죽일 사람이 아니다. 사람을 해칠 수 있는 사람이 아니다. 그런 짓을 했을 리 없다.

2층으로 뛰어 올라가 방문을 닫았다.

부르르르, 부르르르, 부르르르.

침대 위에서 떨고 있는 휴대폰을 집어 벽 쪽으로 던지자, 텅 하고 둔한 소리를 내며 방바닥에 떨어졌다.

어둑어둑해진 무렵, 방문을 노크하는 소리와 함께 엄마가 들어왔다. 하지만 침대에 등을 돌리고 누운 채로 꼼짝하지 않았다.

"미안해."

아까와는 다른, 평소의 엄마 목소리였다. 아무런 대꾸도 하지 않았다. 침대가 작게 삐걱거렸다. 힐끗 돌아보니 엄마가 침대 끝에 걸터앉아 있었다.

"료헤이, 미안하다."

"엄마가 왜 사과해?"

"으응. 좀 더 정확하게 얘기했어야 하는데 싶어서."

"상관없어."

어떻게 말하든 마찬가지다.

"가와바타 씨가, 어제 아빠한테 갔다 왔대. 그래서……"

엄마의 말이 잠시 끊어졌다. 잠시 심호흡하고는 몸을 일으키며 물었다.

"가와바타 씨라니?"

엄마는 "변호사."라고 대답하고, 손가락으로 눈가를 누르면서 얼굴을 일그러뜨렸다. 엄마 딴에는 웃어 보려고 했는지 모르지만 내 눈에는 그저 뺨이 실룩거리는 것으로밖에 보이지 않았다.

"변호사가 설명하는데, 통 무슨 소리인지 이해를 못 하겠더라. 정신 바짝 차리고 잘 들어야지 하는데도 도무지 변호사 말이 머리에 들어오지 않는 거야."

당연하다. 느닷없이 그런 이야기와 맞닥뜨렸는데……, 누가 덥석 믿겠는가.

"아빠는 만났어?"

"아직. 아직 못 만나. 지금은 변호사만 면회할 수 있대."

"아빠한테 들은 것도 아니잖아, 오인 체포일 수도……."

엄마는 고개를 저었다. 허벅지 위에서 주먹을 쥔 손이 떨렸다.

"그건 아니래, 변호사. 경찰서에 가는 차 안에서 아빠가 다 자백했고, 그래서 바로 체포된 거래."

"왜, 아빠가 왜……. 사, 사고 같은 거, 그래, 사고 아냐?"

"엄마도 그렇게 생각해."

엄마는 시선을 떨구고 말을 이었다.

"하지만……. 아빠가 사람을 죽인 건 사실이야."

휘잉, 가슴에 찬바람이 불었다.

"왜?"

"⋯⋯."

왜, 왜, 뭣 때문에? 바보 같은 말을 뱉어 버렸다. 엄마한테 물어 본다고 대답을 들을 수 있겠는가. 몇 번을 물어도 엄마는 몇 번이고 모른다고 대답할 뿐이었다. 엄마도 나와 마찬가지로 아무것도 모른다. 내가 자꾸 묻는 건 엄마를 향한 비난일지도 모른다. 그걸 알면서도, 그런데도 묻지 않을 수 없다.

"슈헤이한테는 말하지 않으려고."

슈헤이는 자신에게 숨기는 건 싫다고 말했다. 그런 슈헤이에게 나도 엄마도 숨기지 않겠다고 약속했다. 하지만 이제는 말할 수 없 다. 말하고 싶지 않다.

"알았어."

내가 대답하자 엄마는 작게 고개를 끄덕였다.

"미안해, 너한테도 이건 말하지 않으려고 했는데."

"숨기는 것보다 나아."

"내일 다시 변호사한테 가서 앞으로 어떻게 할 건지 상의해 보 려고. 아빠 갈아입을 옷도 좀 갖다 주고."

"나도 갈게."

엄마는 내 얼굴을 보고 무슨 말인가 하려다가 고개를 끄덕이고 는 방을 나갔다.

"슈헤이한테 가 보고 올게."

침대에 누워 눈을 꽉 감았다. 이건 꿈이다. 분명 꿈이다. 아빠가 사람을 죽였다고? 그럴 리 없다. 잠에서 깨면 이건 다 꿈이고, 내가 "무서운 꿈을 꿨어." 하고 꿈 이야기를 하면 엄마가 놀릴 거고, 아빠는 "나를 살인범으로 만들지 마라." 하며 쓴웃음을 짓고는 커피를 마시겠지. 슈헤이는 "그다음엔 어떻게 됐어?" 하면서 궁금해할 거고……

그렇다, 이건 꿈이다. 꿈, 꿈, 꿈이다. 빨리 이 꿈에서 깨어나야 한다.

2일 오후 11시경, 도쿄도 신주쿠구의 한 골목길에서 한 남성이 머리에 피를 흘리며 쓰러져 있다는 신고가 접수됐다. 신주쿠 경찰서 소속 경찰관이 황급히 현장으로 달려가, 회사원 스즈키 마사테루 씨(45세)가 사망한 것을 확인했다. 동 경찰서는 3일 이른 아침, 살인 혐의로 가나가와현 모토사키시 모토사키구에 사는 용의자 오토이시 고헤이 씨(45세)를 체포했다. 용의자는 혐의를 인정했으며, 경찰은 향후 자세한 동기와 피해자와의 관계 등을 추궁하기로 했다.

다음 날, 조간신문에 기사가 실렸다. 크게 난 기사는 아니지만 거기에 아빠의 이름이 나와 있었고, 이름 앞에는 '용의자'라는 설명이 더해졌다.

엄마는 오늘자 신문을 지난 신문지 사이에 끼워 숨기고는, 학교 갈 준비하는 슈헤이에게 오늘도 쉬라고 일렀다. 슈헤이는 "이제 열 안 나." 하고 대답했지만 "아직 얼굴빛이 안 좋으니까 방에 가서 푹 쉬어."라는 엄마 말에 순순히 2층으로 올라갔다.

"학교 안 보내게?"

"외할머니, 금방 오실 거야."

엄마는 그렇게 말하고 목소리를 떨어뜨렸다.

"슈헤이가 수상히 여기면 안 되니까, 넌 학교 가는 척해."

엄마 말에 고개를 끄덕이고 2층을 올려다봤다. 모르면 불안하다고 생각했지만 실은 그렇지 않다. 정말로 불안한 것은, 괴로운 것은, 사실과 맞닥뜨리는 거다. 슈헤이에게 말할 수 없다. 말해서는 안 된다. 하지만 언제까지 숨길 수 있을까⋯⋯.

뚜루루루 뚜루루루.

엄마가 전화를 받았다.

"아, 오랜만이에요. 저⋯⋯ 그건. 죄송해요, 아직 잘⋯⋯, 죄송합니다. 제가 지금 좀 바빠서요, 죄송합니다."

엄마는 수화기를 내려놓고 전화 코드를 뽑아 버렸다.

"누구야?"

"마사요 할머니."

"마사요 할머니?"

"지바에 사는 아빠 이모. 기억 안 나?"

아빠의 이모는 몇 명 있지만 거의 만난 적이 없다. 할머니 기일마다 만났겠지만 누가 누군지 구분이 안 된다.

"근데 왜 전화했대?"

"신문 보고."

"아빠 일?"

엄마는 잠자코 고개를 끄덕였다.

"역시, 슈헤이 학교 안 보내길 잘했다."

그 말은 학교에서도 알 거라는 의미일까. 그렇게 작은 기사였는데……. 하지만 아빠의 이름은 아무도 모른다. 그렇지만 선생님이라면……. 아니다, 설마 그런 것까지 외우고 있을 리 없다.

용의자의 정체가 우리 아빠라는 사실이 알려지면 어떻게 될까. 어쩐지 등줄기가 서늘해졌다. 아이들은 나를 어떻게 생각할까. 또 슈헤이를 어떻게 생각할까. 나와 슈헤이가 한 일이 아니다. 하지만 이 사실을 알고도 변함없이 함께 어울릴 수 있을까? 이전처럼 농담하고, 아무 말이나 툭툭 던지면서 웃고 까불 수 있을까?

나라면 어땠을까.

만약 나카자와 아빠가 사람을 죽였다고 해도 나는 변함없이 나카자와와 어울릴 수 있을까? 나카자와는 아빠가 한 일과 관계없다. 나카자와에게는 아무런 죄도 없다. 그런 아빠를 둔 나카자와를 딱하고 가엽게 여길지도 모른다. 다른 때랑 똑같이 대하려고 할거다. 그렇게 해야 하는 거고, 그게 옳은 일이다. 하지만 왠지 모르게 마음에 걸릴 것도 같다. 그래서 그런 자신을 부정하면서도 표나지 않게 조금씩 거리를 두게 되는 건 아닐까.

"료헤이?"

"어?"

"아무래도 엄마 혼자 가는 게 좋겠다."

아냐, 하고 고개를 가로저었다.

"나도 갈게."

"그럼 역에서 기다리고 있어. 할머니 오시면 바로 나갈게."

"알았어."

교복으로 갈아입은 나는 평소처럼 가방을 어깨에 메고 2층 슈헤이 방을 들여다봤다. 말이 슈헤이 방이지 정확히는 아빠와 엄마와 슈헤이가 함께 쓰는 침실이다.

방은 푹푹 쪘다. 슈헤이는 창가 침대 위에서 무릎을 세우고 앉아 밖을 내다보고 있었다.

"에어컨 좀 켜고 있지."

책장에 있는 리모컨을 눌렀다.

"형, 오늘은 수영 수업하겠지?"

돌아본 슈헤이의 앞 머리칼이 땀에 젖은 이마에 들러붙어 있다. 이틀간 내리쏟아지던 비가 그치더니 아침부터 햇살이 강하다. 창밖에서는 매미들이 목이 터져라 울고 있다.

"어차피 너는 수영장에 못 들어가."

"왜?"

"어제 열났잖아."

슈헤이는 흥, 하고 콧방귀를 뀌고는 등을 돌렸다.

"외할머니, 금방 오신대. 난 학교 갔다 올게."

"응."

슈헤이는 관심 없다는 듯이 대답했다.

나와 같은 교복을 입은 아이들이 드문드문 학교 쪽을 향해 걸어가고 있었다. 역은 학교와 반대쪽에 있다. 등교 시간에 학교와 반대 방향으로 간다는 건 생각보다 훨씬 눈에 띄는 행동이었다. 가능하면 누구와도 얼굴을 마주치지 않도록 시선을 떨어뜨리고 빠른 걸음으로 걸어가는데, "료헤이." 하고 맞은편에서 내 이름을 부르는 소리가 났다.

"할머니."

할머니는 종종걸음으로 뛰어오더니 내 손을 덥석 잡았다.

"아이고, 참 큰일이구나."

살짝 고개를 끄덕이자 할머니는 잡은 손을 몇 번 흔들었다.

"걱정하지 마라. 할머니는 너희 편이야."

쓴웃음을 지으며 애매하게 고개를 갸웃거렸다. 우리 편이라니, 우리한테 적이라도 있다는 건가.

"슈헤이가 기다리고 있어요. 빨리 가 보세요."

"아, 그렇지. 알았다. 여기서 널 만나다니, 다행이다."

그렇게 말하고 할머니는 내 눈을 보았다. 색소가 엷은 탓인지 할머니의 눈동자는 갈색을 띠었다. 엄마와 슈헤이도 같은 색이다.

"료헤이, 엄마 좀 잘 부탁하마."

"네?"

"네 엄마가 다부진 것 같아도 의외로 약한 구석이 있어. 앞으로는 네가 엄마를 잘 지켜 줘. 물론 할머니도 힘이 돼 줄 거야."

엉겁결에 시선을 떨어뜨렸다. 그런 말을 들으니 어떻게 해야 할지 모르겠다. 엄마를 지켜 주라니, 어떻게? 나조차도 어떻게 해야 할지 모르겠는데 나더러 뭘 어쩌란 건가.

지그시 내 눈을 들여다보는 할머니에게 "네." 하고 고개를 끄덕였다. 그제야 할머니의 눈가에 주름이 잡혔다.

승차권 발권기 옆에서 기다리고 있자니 15분쯤 지나서 엄마가 왔다.

"미안해. 많이 기다렸지."

엄마는 군청색 치마에 하얀 셔츠로, 평소보다 수수한 차림에 머리도 간단하게 하나로 묶었다.

전철 안은 혼잡했다. 나란히 서 있던 나와 엄마 사이에 직장인인 듯한 남자 둘이 비집고 섰다. 바로 옆에 서 있는 남자의 이어폰에서 시끄러운 소리가 흘러나왔다.

"에잇, 시끄러워……."

작게 혀를 찼지만 귓속에 요란한 음악 소리를 욱여넣는 놈에게 그 소리가 들릴 리 만무했다. 그놈은 손에 든 휴대폰에 눈을 박고 있었다.

다음 역에 전철이 멈추자 사람들이 우르르 내렸다. 엄마는 떠밀리듯 내 옆에 와서 "다음 역에서 갈아탈 거야."라고 말하고 손잡이를 잡았다. 시나가와 역에서 갈아타고 요요기 역에서 내렸다. 개찰구 밖의 강한 햇살에 나도 모르게 눈이 가늘어졌다.

"빨래 널고 올걸."

엄마는 나직이 말하며 교차로 쪽으로 걸어갔다.

머리 위로 내리쬐는 태양과 아스팔트에서 올라오는 열기 탓에 공기가 무거웠다. 길 건너 건물들이 흐느적흐느적 일그러져 보였다. 가로수에서는 매미 소리가 끊이지 않았다.

목에 땀이 흐른다. 덥다. 유난히 더운 날이다.

반 발짝 앞서 걸어가는 엄마의 뒷모습이 어찌나 작은지, 마치 어린아이의 등처럼 보여서 눈을 비비고 다시 봤다.

10분쯤 길을 따라 걷다가 골목으로 들어가 5분 정도 더 걸었다. 엄마는 이따금 멈춰 서기도 하고 뒤돌아보기도 하면서 모퉁이를 몇 번인가 돌아 어느 단층집 앞에 멈춰 섰다.

"여기야?"

"그래."

사무소라고 들었던 터라 빌딩 안에 있는 사무실을 상상했지만 평범한 일반 주택이 눈앞에 있었다. 게다가 허름했다. 어쨌거나 대문 옆에 '가와바타 법률 사무소'라는 간판이 있지만, 그것도 매직으로 쓴 것인지 궁상스럽기 짝이 없었다. 정말 믿을만한 곳인가? 약간 불안한 마음으로 대문을 바라보고 있는데, 엄마가 간판 옆에 붙은 벨을 눌렀다.

삑삐익, 꾸밈없는 초인종 소리가 집 안에서 울렸다. 곧 창문이 열리고, "어서 오세요. 열려 있습니다, 들어오시죠."라는 목소리가 들렸다.

"실례합니다."

대문 안으로 들어가 현관 미닫이를 열었다. 여름 냄새가 훅 풍겼다. 모기향 냄새다. 여름 방학 때마다 외갓집에 가면 언제나 이

냄새가 났다. 안으로 들어가자 현관 바닥에 갈색 샌들 한 켤레가 가지런히 놓여 있고, 신발장 손잡이에 구둣주걱이 걸려 있다.

엄마와 내가 현관에 서 있자 이내 왼쪽 방문이 열리더니 키가 크고 호리호리한 남자가 나왔다. 이 사람이 변호사인 모양이다.

"어이쿠, 들어오세요. 어서 들어오세요."

가와바타 변호사는 상냥하게 손짓하면서 복도 안쪽으로 난 오른쪽 문을 열었다.

"더우셨죠. 시원한 것 좀 내오겠습니다, 들어와서 앉으세요."

엄마는 "실례합니다."라고 말하면서 신발을 가지런히 놓았다. 나도 운동화를 나란히 벗어 놓고 엄마를 따라 방으로 들어갔다.

미닫이문 창 위로 부드러운 빛이 번졌다. 구석에는 빈 꽃병과 목각 곰이 장식된 도코노마(일본식 건물의 객실 상좌(上座)에 바닥을 조금 높여 꾸민 곳으로, 벽에는 족자를 걸고, 바닥에는 꽃이나 장식품을 놓아둔다_옮긴이)가 있고, 한가운데에는 큼직한 탁자가 놓여 있다. 그 위에 A5 사이즈 메모지와 연필이 몇 자루 있다.

"아, 죄송합니다. 방석 드릴게요."

가와바타 변호사가 머리를 숙이며 들어왔다. 그는 다과 쟁반을 탁자에 내려놓고, 방 한쪽에 쌓인 방석을 가져와 바닥에 나란히 놓았다.

"저……, 신경 쓰시지 않아도 됩니다."

엄마가 작게 말했다. 가와바타 변호사는 웃는 얼굴로 엄마와 내 앞에 유리잔을 놓은 뒤 맞은편에 앉았다.

"어제는 실례가 많았습니다."

"아닙니다. 동요하시는 게 당연하지요."

가와바타 변호사가 천천히 고개를 끄덕이면서 내 쪽을 보았다.

"아드님이신가요?"

"아, 네. 데려와도 되나 싶어서 망설였는데요……. 큰아들 료헤이입니다. 중학교 3학년이에요."

"잘 부탁합니다."

가와바타 변호사의 눈을 보면서 가볍게 인사했다. 아빠보다는 위인 것 같고 할아버지보다는 훨씬 젊다. 50대쯤일까.

"안녕하세요. 변호사 가와바타예요."

가와바타 변호사는 "잠깐만." 하고 방을 나갔다 금세 돌아와서 내 앞에 '가와바타 야스나오'라고 이름이 적힌 명함을 놓았다.

"아쉽지?"

"네?"

"한 글자 차이잖아."

"……."

"가와바타 야스나리, 몰라?"

"알아요."

"다행이군. 《설국》의 작가고, 노벨 문학상을 받은 사람이지."

그래서 그게 어쨌다고.

"그렇다고 뭐 내가 그 작가의 자손은 아니고."

가와바타 변호사는 피식 웃더니 "그런데……." 하고 운을 떼며 차를 한 모금 마셨다.

"아버지의 혐의에 대해서는 어머니한테서 들었지?"

갑작스럽지만 자연스럽게 화제가 아빠 이야기로 바뀌었다.

"네."

"오토이시 씨는 혐의를 인정했으니까."

"저어, 틀림없습니까? 저희 아버지는 절대로 그런 짓을……."

"사람을 죽일 사람이 아니라고?"

변호사는 나를 지그시 보았다.

"네." 하고 대답하는데 침이 꿀꺽 넘어갔다.

"그래. 네 심정을 모르는 건 아니다. 그 누구도 가족이 사람을 죽였다고 생각하고 싶지 않지. 그런 일을 어떻게 믿겠느냐고. 믿고 싶지도 않을 거고."

옆에서 엄마의 숨소리가 작게 들렸다.

"그런데 말이지, 절대란 건 없다. 실제로 매일같이 사건은 일어나고 있고, 누군가가 울고, 다치고, 목숨을 잃고, 싸우지."

"그래도……."

"오토이시 씨는 상대 남성을 사망에 이르게 했다는 혐의를 인정하고 있단다. 그건 어제 아버지한테서 직접 들었어."

무릎 위의 주먹 쥔 손에 힘이 들어갔다.

"저어, 남편은……, 남편은 스즈키 씨라는 분과 면식이 있는 관계였나요?"

"대학 친구라고 합니다."

엄마는 할 말을 잃은 듯했다.

"지금부터 자세한 이야기를 해 드리죠. 오토이시 씨가 의도를 가지고 한 일은 아니라고 하더군요."

"그런데 아빠가 왜?"

내가 몸을 쑥 내밀며 채근하자 가와바타 변호사는 천천히 눈을 한 번 깜빡였다.

"오토이시 씨 말에 따르면 금전 문제가 있었나 봅니다. 죄송합니다. 더 이상은 말씀드릴 수 없군요. 다만 돌발적인 상황이었다고 합니다."

"그럼, 사고 같은……."

엄마가 얼굴을 들었다.

"아니요, 죄송합니다. 아직은 말씀드리기 어렵습니다."

"……."

"경찰의 자세한 조사가 끝나면 차차 죄목이 정해질 테지만 오토이시 씨는 과실 치사죄, 중과실 치사죄, 상해 치사죄, 살인죄 중 하나로 기소될 걸로 보입니다."

"과실⋯⋯."

엄마가 떨리는 목소리로 말하자 가와바타 변호사는 "과실 치사죄입니다." 하고는 메모지에 과실 치사죄, 중과실 치사죄, 상해 치사죄, 살인죄라고 적어 우리 쪽으로 내밀었다.

"간단히 말해서 과실 치사죄란 죽일 생각은 없었지만 과실로 상대를 사망에 이르게 한 경우입니다. 예를 들자면, 우연히 서로 부딪혔는데 상대가 넘어져서 사망한 사례 같은 거죠. 중과실 치사죄란 문자 그대로 중대한 과실, 상황에 따라 다르지만 부주의로 상대를 죽음에 이르게 한 경우입니다. 좀 전에 말씀드린 우연히 부딪친 경우를 예로 말하자면, 그때 휴대폰을 조작하고 있었다든가, 술에 취했다든가 하는 경우는 과실 비중이 높아집니다. 그럴 때에는 중과실 치사죄가 될 가능성도 있지요. 상해 치사죄는 폭력 등 상해를 입힌 범죄로 상대가 사망한 경우입니다. 그리고 살인죄는 아실지 모르겠지만, 살의를 가지고 상대를 사망하게 한 경우입니다."

가와바타 변호사는 어머니와 내 얼굴을 번갈아 보았다. 살인죄라니. 네 번째 죄목을 보았을 때, 손바닥 위로 기분 나쁘게 끈적한 땀이 배어 나왔다.

"일단은 어떤 죄목으로 기소되는지가 관건인데요. 기소가 결정

되면, 가능한 한 형을 경감시키는 것이 앞으로 저희가 해야 할 일입니다."

"저어, 남편을 언제쯤 만날 수 있을까요?"

"내일 구류 절차를 밟으니까 이삼일 안에는 만나실 수 있습니다. 그런데 오토이시 씨가 가족 접견을 원하지 않으시는 것 같았습니다만……."

가와바타 변호사의 말에 엄마가 고개를 들었다.

"지금은 그렇다는 말씀입니다. 아직은 혼란스러우실 겁니다."

혼란? 아빠가 면회를 원하지 않는다고?

"알겠습니다. 갈아입을 옷을 좀 챙겨 왔는데, 전해 주실 수 있을까요?"

"엄마!"

"괜찮아."

"뭐가 괜찮다는 거야! 만나기 싫다니, 아빠가 그걸 결정할……."

"만나기 싫은 게 아니야, 아빠는."

"어?"

"만날 수 없는 거지."

"만날 수 없다니, 왜 그렇게 자기 맘대로냐고!"

"료헤이, 조금만 기다려 보자."

엄마와 나를 번갈아 보면서 가와바타 변호사는 이야기를 이어

나갔다.

"구류 기간은 열흘, 연장되면 스무날입니다. 그동안 검찰과 경찰에서 조사해 보고 정당방위가 인정되면 불기소할 겁니다."

"정당방위 가능성도 있어요?"

나도 모르게 목소리를 높이자 가와바타 변호사는 탁자 위에 팔꿈치를 짚고 두 손을 깍지 끼었다.

"불가능은 아니지만 가능성이 희박하다고 봅니다. 그 정도로 어렵다는 건 잊지 마시기 바랍니다. 게다가……."

가와바타 변호사가 내 눈을 지그시 바라보았다. 그 눈빛이 날카로운 건 아니었다. 하지만 마음속을 꿰뚫어 보는 듯한 깊은 시선에 나는 움츠러들었다.

"게다가 사정이 어쨌든, 아버지가 한 사람의 목숨을 끊어 버렸다는 것은 사실입니다."

"……."

그건 안다. 알긴 하지만.

"정당방위를 인정받지 못하면 기소돼서 재판원 재판(우리나라의 국민 참여 재판과 비슷한 일본의 재판 제도로, 무작위 추첨으로 뽑힌 시민 재판원이 형사 재판에 참여한다_옮긴이)을 받게 됩니다."

"……네."

엄마는 중얼거리듯 대답하고 "잘 부탁합니다." 하며 고개를 숙였다.

"스즈키 씨의 유족……. 저어, 가족분은."

"부모님이 계십니다."

"그렇군요. 제가 뭐라도 할 수 있는 게 없을까요."

"배상금 관련 이야기는 차차 나올 겁니다. 그 전에 유족분들에
게 편지를 쓰시는 게 좋을지도 모르겠군요."

"편지요?"

"네. 오토이시 씨 본인은 당연하고, 가족분들도 쓰시는 게 좋을
겁니다."

"받아 주실까요."

엄마는 불안스레 턱을 끌어당겼다.

"그건 모릅니다. 다만 유족에게 사죄 편지를 보낸 사실 여부로
재판에서 주는 인상도 달라지니까요."

"네……."

가와바타 변호사는 천천히 고개를 끄덕였다. 그러고는 엄마의
눈을 보면서 말했다.

"편지에는 오토이시 씨를 옹호하는 내용도, 용서를 구하는 말도
일절 써서는 안 됩니다. 오로지 사죄하는 내용만 써야 합니다."

"네."

"편지는 제가 상대 부모님께 전해 드릴 테니 봉하지 말고 가져

오셨으면 합니다. 내용은 제가 한 번 확인할 건데, 괜찮겠습니까?"

"부디, 꼭 좀 부탁합니다. 그런 편지는 써 본 적이 없어서요."

엄마가 말하자 가와바타 변호사의 입꼬리가 올라갔다.

"저도 그런 일에는 익숙해지고 싶지 않군요."

"……."

엄마는 몇 번 눈을 깜박거리고는 뺨을 실룩거리듯 웃었지만 나에게는 고약한 농담으로밖에 들리지 않았다. 변호사에게는 이런 사건이 별일 아닐 수도 있다. 날마다 사건이 일어나고, 사람이 다치거나 죽는다. 살해당하는 사람이 있다는 것은 죽인 사람이 있다는 말이다. 이 사람에게 아빠는 타인이며, 수많은 의뢰인 가운데 한 명에 지나지 않는다. 나와 엄마가 지금 어떤 심정으로 이 자리에 있는지, 이 사람은 모른다. 이런 생각을 하다가 고개를 들었고, 가와바타 변호사와 시선이 마주쳤다. 가슴이 뜨끔해서 엉겁결에 얼굴을 돌려 버렸다.

"그럼 오늘은 이만. 저는 이제 경찰서에 가서 오토이시 씨를 만나고 오겠습니다."

"잘 부탁합니다."

엄마가 고개 숙여 인사했다.

"바로 학교로 갈게."

역으로 걸어가면서 내가 말하자 엄마는 걸음을 멈췄다.

"엄마랑 같이 집에 들어가면 슈헤이가 이상하게 여길 거고. 아직 10시 반밖에 안 됐으니까 4교시는 들어갈 수 있어."

"그래도……."

"괜찮다니까."

내가 고집을 부리자 엄마는 잠시 말문이 막히는 모양이었다.

"그래도 좀……. 학교에는 아빠 얘기, 안 했잖아."

"……할 필요 있어?"

"그건 엄마도 모르겠다. 근데 혹시라도 무슨 일 생기면……."

"무슨 일이라니?"

"아빠 일, 알고 있는 사람이 있을지도 모르잖아. 그렇다면 숨기는 것보다 얘기해 두는 게……."

"왜?"

"왜긴, 그거야……."

"아니, 내가 사람을 죽인 게 아니잖아!"

엉겁결에 목소리가 커지자 역 쪽에서 걸어오던 사람이 우리를 곁눈질하면서 지나갔다.

"당연하지. 넌 잘못한 거 아무것도 없어. 하지만."

엄마는 눈을 스윽 돌렸다.

"료헤이, 아무래도 오늘은 가지 않는 게 좋겠다."

"싫어."

주르르, 뺨을 타고 흐르는 땀을 거칠게 손으로 훔쳤다.

"료헤이."

"아빠가 경찰에 잡혀갔던 날도 학교에 갔는데? 엄마가 가라고 했잖아."

"그때랑 지금은 상황이 다르잖니."

"뭐가?"

그건 엄마한테 묻지 않아도 안다. 뻔히 아는데도 괜히 되물었다. 가방 어깨끈을 쥔 두 손에 힘이 들어갔다. 엄마는 하늘을 올려다보고 크게 숨을 쉬었다.

"미안해. 엄마가 지금 너무 혼란스럽다. 내가 지금 옳은 말을 하는지 어떤지, 그것도 모르겠어. 그러니까 네가 꼭 가야겠다면⋯⋯."

"⋯⋯."

사실은 두렵다. 나도 두렵다. 만약 아빠 일이 알려지면 어떻게 될까, 그 생각을 하면 두려워서 옴짝달싹도 할 수가 없다. 무서워서 미칠 지경이다.

하지만, 싫다.

막연하게 겁먹고, 불안에 떨고 있기는 싫다.

4교시가 시작되기 직전에 아슬아슬하게 학교에 도착했다. 나를 부르는 소리에 고개를 들자 담임이 계단 중간에서 내려왔다.

"죄송합니다. 지각했습니다."

"아, 응. 잠깐 이야기 좀 할까?"

"하지만 수업이……."

담임은 내 말 따위 들리지 않는다는 듯 복도를 걸어가 보건실 문을 두드렸다. 안에서 "네." 하는 태평한 목소리가 들리고, 곧 문이 열렸다.

"무슨 일이세요?"

하얀 가운 차림의 보건 선생님이 가림막 너머에서 얼굴을 내밀었다. 담임은 나를 한 번 흘끗 돌아보고는 안으로 들어갔다.

보건실 안은 냉방이 가동되고 있어서 서늘했다.

"선생님, 여기 보건실 좀 써도 될까요?"

"쓰세요. 지금 아무도 없어요."

"다행이다. 오토이시, 잠깐 교실에 다녀올 테니까 여기서 좀 기다리고 있어."

내가 잠자코 작게 고개를 끄덕이자 담임은 "자, 그럼." 하고는 보건실을 나갔다. 평소와는 다른, 어딘지 신경을 쓰는 듯한 담임의 태도가 마음에 걸렸다. 혹시 아빠 일을 알고 있는 건가.

"3학년 오토이시지?"

보건 선생님이 웃어 보였다.

"이리 와서 앉지 그래?"

보건 선생님은 둥그런 테이블 아래서 둥근 의자를 꺼냈다. 운동장에서 공 차는 소리와 삐익 호루라기 소리가 들린다. 말없이 가방을 발밑에 내려놓고 의자에 앉았다.

보건 선생님도 또 다른 선생님들도 이미 알고 있는 건가? 혹시 전부 다?

"오토이시, 너 축구부지?"

"이제 안 하는데요."

"올해는 꽤 많이 올라갔던데, 아깝다."

"딱히 뭐."

꽤 많이 올라갔다고 해도 전국 대회나 지역 대회 정도의 수준은 아니다. 고작 지부 예선을 통과해서 결승 토너먼트에 진출했을 뿐이다. 게다가 그 경기는 시작부터 완패를 당했다.

"결승 토너먼트 때 포메이션을 바꿨잖아. 내가 보기에는 그게 패착이 아니었나 싶은데."

조금 놀랐다.

"잘 아시네요."

"직접 하는 건 젬병이지만 관전하는 건 좋아하거든."

보건 선생님은 웃는 얼굴로 즐거운 듯이 이야기하면서도 시선은 컴퓨터 화면에 고정시킨 채 마우스를 움직였다. 그때 드르륵 소리가 나면서 보건실 문이 열렸다.

"이거 죄송합니다."

담임이 머리를 숙이면서 들어와 내 쪽으로 고개를 두어 번 끄덕이고는 맞은편 자리에 앉았다. 그러고는 천천히 테이블 위에 두 팔꿈치를 세우고, 깍지 낀 손을 입에 갖다 댔다.

"아침에 집에 전화했다. 어제도 안 왔잖아."

시선을 떨어뜨린 채, 고개를 조금 들었다.

"어제는 동생이 열이 나서요. 마침 엄마가 안 계셨거든요."

"동생이 몇 살인데?"

"초등학교 2학년이에요."

"초등학교 2학년이라. 네가 돌본 거냐?"

"뭐, 대충요."

"상태는 어떻고."

"이제 괜찮아요."

"그래."

담임은 긴 숨을 내쉬고 작정한 듯 내 눈을 보았다.

"오늘 아침 신문에 실린 신주쿠 사건 말인데……. 아, 내가 잘못 짚었다면 다행이고. 다만 혹시……."

역시 그것 때문인가.

"아버지예요."

"……아, 그래. 응. 보호자 정보에서 봤던 이름과 같아서. 오토이시라는 성이 희귀하잖니."

"……."

"괜찮은 거냐?"

"뭐……. 예."

좀 더 동요할 줄 알았는데 스스로도 의아할 정도로 냉정해졌다. 오히려 허둥거리는 담임이 좀 안돼 보이기까지 했다.

"힘들었겠네. 어머니는 어떠시냐."

"저……, 저는 학교에 나오지 않는 게 좋을까요?"

내 말에 눈이 휘둥그레진 담임은 앞으로 고꾸라질 듯이 몸을 쑥 내밀었다.

"무슨 소리야. 그런 말은 한마디도 안 했잖아. 왜 그런 걸 묻고 그래?"

컴퓨터 앞에 앉은 보건 선생님이 고개를 돌려 이쪽을 바라봤다.

"너는 너야. 아버지 사건은 너와 상관없어."

"……."

담임 말이 옳다고 생각한다. 옳은 말을 했다. 모범답안이다. 그런데, 그렇다면 왜 물어본 거지? 아빠와 상관없다면서 왜 물어? 왜 그런 얼굴을 하는 거냐고? 상관없다면서 왜.

"저, 그만 교실로 가도 될까요?"

"어, 아, 그래."

"그럼."

발밑에 둔 가방을 들고 몇 발짝 걸어가다 다시 돌아섰다.

"선생님, 우리 반 애들이 아빠 일을 알고 있어요?"

"아니." 하고 고개를 젓는 담임에게 가볍게 인사하고 보건실을
나왔다.

신발장 옆 계단에 한 발을 올려놓았다. 한 계단 한 계단 오르다
가 별안간 피식 웃음이 났다. 왜 이렇게 발이 무겁지? 딱히 누가 떠
민 것도 아닌데. 오히려 그 반대다. 엄마는 나를 학교에 보내지 않
으려고 했다. 담임도 당황스러워했다. 내가 스스로 교실로 가는
거다. 그런데도 납덩이처럼 발이 무겁다.

내가 지금 뭐하는 거지?

턱을 번쩍 치켜들고, 어깨에 두른 가방을 고쳐 메고 한 번에 세
계단씩 성큼성큼 뛰어올라 갔다. 계단에서 왼쪽으로 꺾어 세 번째
교실이 3학년 1반이다. 2학년 교실을 두 반 지나는데 출입문과 복
도 쪽 창문이 모두 활짝 열려 있고, 복도에는 미지근한 공기가 고
여 있다. 밖에서 들려오는 매미들의 합창에 섞여 칠판 위로 부딪히
는 분필 소리가 들렸다.

3학년 1반 교실의 뒷문을 열었다. 앞쪽 자리에서 야구부원인 마

에다가 교과서를 얼굴에 바짝 대고 더듬더듬 읽고 있었다. 칠판 앞에 서 있던 국어 선생님이 나를 보고 턱짓으로 들어오라는 신호를 보냈다. 그걸 알아차린 몇 명이 돌아보았다. 그 시선을 무시하고 잠자코 자리에 앉아 가방 속에 손을 넣고서야 교과서를 챙기지 않은 게 생각났다.

"자, 거기까지."

선생님의 말에 마에다는 안도하듯이 자리에 앉았다.

"'자 왈, 배우고 때로 익히면 또한 즐겁지 아니한가. 벗이 있어 멀리서 오면 또한 즐겁지 아니한가. 남이 알아주지 않아도 성내지 않으니, 또한 군자가 아닌가.' 자(子)의 의미는 '선생님'인데, 여기서는 누구를 가리키죠? 노노야마?"

선생님은 칠판에 밑줄을 그으면서 미카를 가리켰다.

"공자입니다."

"맞다, 정답. 그럼, '군자가 아닌가'의 군자란 어떤 사람을 말하는 거죠? 사카다."

"으음, 훌륭한 사람이요."

"이치카와."

"남이 인정해 주지 않아도 신경 쓰지 않는 사람입니다."

"그렇지. 자신이 세상 사람들에게 평가받지 못하면 괴롭고 화도 날 테지만, 그런 것은 신경 쓰지 말라고, 남에게 인정받기 위해서

하는 게 아니라 자기 자신을 위해서 하는 것이라고 공자는 말하는 거다. 이 부분은 시험에 낼 거니까 확실하게 공부해 두도록."

시험 이야기에 여기저기서 웅성거렸다.

"료헤이, 왜 이렇게 늦게 왔냐?"

4교시가 끝나자마자 나카자와가 실내화를 직직 끌면서 다가왔다.

"왜, 늦잠 잤어?"

"아, 웅."

"아, 알았다! 밤늦게까지 혼자서 야한 짓 한 거지?"

"안 했거든? 내가 너 같은 줄 아냐."

"헉, 그걸 어떻게 알았어? 훔쳐본 거야? 혹시 초능력자? 아니면 스토커?"

"어휴, 또라이."

나카자와는 여느 때처럼 시답잖은 소리를 하면서 낄낄거렸다. 그 모습에 안도하고 있는데 갑자기 진지한 얼굴로 나를 빤히 쳐다보았다.

"근데, 괜찮은 거냐?"

"어?"

심장이 꽉 오므라들었다.

"뭐가."

"뭐긴. 모레 일요일 말이야, 일요일."

"일요일?"

"축제에 가기로 약속했잖아. 설마 잊은 건 아니지?"

……축제, 축제라.

"아, 응."

"그럼 다행이고. 너 진짜 빠지면 안 된다. 내가 에리나한테 잔소리 들으니까."

"알았다고."

"오줌 좀." 하고 대강 얼버무리며 자리를 뜨려는데 나카자와의 느긋한 목소리가 등 뒤에서 들려왔다.

"축제 끝나고 불꽃놀이 할 거야."

복도로 나가자마자 화장실로 뛰었다.

나카자와가 괜찮은지 물었을 때, 심장이 멎는 줄 알았다. 아빠 얘기인 줄 알고 동요했다. 손이 떨려 주먹을 꽉 쥐었다. 그리고 그 주먹 쥔 손을 이로 꽉 물었다.

교실로 돌아가자 내 앞자리에 나카자와와 에리나가, 옆자리에 미카가 앉아서 도시락을 펼쳐 놓고 기다리고 있었다.

"료헤이, 여기."

"뭐냐, 여기 내 자리거든."

그렇게 투덜거리고 자리에 앉자 미카가 쿡쿡 웃었다.

"오토이시, 너 말이야. 휴대폰 전원은 아직도 꺼 놓은 채 그대로 인 거야?"

나카자와 옆에서 에리나가 브로콜리를 포크로 찍어 들고 나를 째려봤다.

"문자 보냈는데 답장도 않고, 미카가 오늘도 걱정하면서 몇 번이나 전화했다고."

"에리나!"

미카가 얼굴을 붉히고 에리나를 흘겨봤다.

"내가 걱정돼서 멋대로 전화한 건데 뭐."

"미카, 또 그렇게 착한 척한다. 그러니까 오토이시가 제멋대로 구는 거잖아. 나처럼 길을 잘 들여야지."

옆에서 에리나의 말에 고개를 끄덕이던 나카자와가 "응?" 하고 눈을 크게 뜨고는 "나 길들여지고 있는 거냐?" 하고 우는 시늉을 하면서 에리나의 도시락에 있는 미트볼 하나를 잽싸게 집어 먹었다.

"앗, 그거 일부러 안 먹고 아껴둔 건데!"

골을 내는 에리나를 곁눈질하면서 나카자와는 "길들이는 덴 간식이 최고지."라면서 실실 웃는다.

그렇게 옥신각신하는 둘을 어이없어하면서 보고 있는데, "오토이시." 하고 미카가 말을 건넸다.

"응? 아, 전화 못 받아서 미안. 배터리가 다 되어서."

"아냐. 어제도 학교 안 오고, 오늘 아침에도 안 보여서 무슨 일인가 싶었지. 너무 많이 전화해서 미안해. 부재중 전화 확인하면, 나한테 질려 버릴지도 몰라."

"그럴 일은……."

"아냐, 분명 질릴 거야. 내가 생각해도 질려."

그렇게 말하고, 후유 한숨을 내쉬는 미카가 왠지 묘하게 예뻐 보였다.

"근데, 몇 번?"

"뭐?"

"전화를 몇 번 했느냐고."

"열여섯 번……."

꽤 많이 했다는 생각에 피식 웃으면서 "괜찮아."라고 말하자 미카의 얼굴에 미소가 떠올랐다.

"빨리 먹자."

"아, 응."

가방에서 크로켓과 에너지 음료를 꺼냈다. 나카자와가 어리둥절한 표정으로 내 손을 보았다.

"별일이네. 넌 항상 도시락 싸 오잖아. 아, 뭐야. 진짜로 가족이

단체로 늦잠 잔 거야? 대체 몇 시에 일어났는데?"

"아냐. 그냥 우연이야."

"으흠."

나카자와는 의심의 눈길을 보냈지만 미카는 왠지 기쁜 듯이 무민이 그려진 도시락 통 뚜껑에 달걀말이와 아스파라거스 돼지고기말이를 담아 내게 줬다.

"괜찮다니까."

"맛없지는 않을 거야. 이거 자신 있는 요리거든."

미카의 말에 엷게 웃고 아스파라거스 돼지고기말이를 집어 입에 넣었다.

"와, 맛있다."

"진짜?"

"응, 미카 너 요리 잘하는구나."

"우리 엄마가 만든 건데."

젓가락 끝을 살짝 물고 미카가 나직이 말하자 에리나가 넌지시 훈수를 뒀다.

"그럴 땐 그냥 암말 말고 생글생글 웃기만 하면 돼."

"거짓말하기 싫어서."

"거짓말도 때론 필요해. 아니지. 만들었다고 한 것도 아닌데, 그럼 거짓말이 아니지."

에리나는 빼꼼 혀를 내밀고 나카자와의 도시락에서 잽싸게 어묵 튀김을 집어 갔다.

"앗, 심하다."

"미트볼 복수!"

둘이서 티격태격하는 동안 도시락 뚜껑에 담긴 달걀말이를 집어 먹었고, 그걸 본 미카는 뿌듯한 듯 미소 지었다.

"다녀왔습니다."

집 안에서 슈헤이의 웃음소리가 났다. 며칠만에 듣는 동생의 웃음소리다. 거실에는 달콤한 달걀 냄새가 가득했다. 들뜬 표정으로 슈헤이가 얼굴을 돌렸다.

"아, 형! 어서 와! 할머니가 있지……."

"얘도 참, 그렇게 웃을 거 뭐 있니."

말은 그렇게 하면서도 할머니 얼굴도 웃고 있었다. 엄마가 2층에서 내려왔다.

"잘 갔다 왔니."

"다녀왔습니다."

고개를 끄덕이자 엄마의 얼굴에 안도의 빛이 번졌다. 엄마가 걱정했을 게 뻔하다. 나 역시 담임이 아빠 이야기를 물어본 것도, 그걸 신문 기사를 보고 알았다는 것도 충격이었다.

그래도 학교에 가기를 잘했다. 교실에서는 아무도 아빠 일을 묻지 않았다. 소문이 도는 낌새도 없었다. 평소처럼 이야기하고, 웃고, 장난쳤다. 아빠 일을 잊을 수도, 생각하지 않을 수도 없지만, 학교에 있는 동안에는 내 세계에서 지낼 수 있었다. 아빠 아들로서가 아니라 나, 오토이시 료헤이로 지내고 온 것 같은 기분이 든다.

"있지, 있지, 할머니가 말이야."

슈헤이가 내 셔츠를 잡아당긴다.

"응?"

내가 대꾸하자 료헤이는 눈을 크게 뜨고 큭큭큭 웃는다.

"할머니가 핫케이크에 그림을 그렸는데, 엄청 못 그렸어."

슈헤이는 접시 위에 담긴 핫케이크를 가리켰다. 핫케이크 위에 초콜릿 튜브로 그린 기묘한 무언가가 그려져 있었다.

"발 달린 오카리나?"

툭 내뱉자 슈헤이가 흥분한 듯이 폴짝폴짝 뛰었다.

"마이크로 몬스터야! 마이크로 몬스터."

"정말……?"

"할머니는 옛날부터 그림 못 그렸어."

엄마가 쿡쿡 웃자 할머니는 시치미 뚝 떼고 무슨 말이냐며 어깨를 으쓱해 보였다.

"뭐야, 그렇게 할머니 흉만 보면 핫케이크 안 줄 거다."

"안 할게요, 안 할게."

슈헤이가 허둥지둥 할머니의 허리를 끌어안았다.

목욕을 하고 욕실에서 나오는데 엄마가 불렀다.

"왜?"

"잠깐 와 볼래?"

계단에 올라가려다 뒤돌아 거실로 들어갔다. 할머니가 보리차가 든 유리잔을 테이블 위에 놓았다. "고맙습니다."라고 말하며 유리잔을 들고 의자에 앉았다. 맞은편에 엄마가, 옆으로는 할머니가 앉았다.

"무슨 일이야? 슈헤이는?"

"벌써 잠들었어. 아무래도 슈헤이한테는 들려주고 싶지 않은 이야기니까."

응, 하고 어깨에 걸쳤던 수건으로 머리카락을 가볍게 비볐다. 슈헤이한테는 들려주고 싶지 않고, 슈헤이에게는 비밀로 하고, 슈헤이에게는 말할 수 없고……. 온통 그런 일뿐이다.

엄마는 찬장에서 종이 봉투를 꺼내 그 안에 든 신문 몇 부를 끄집어냈다. 내가 영문을 몰라 잠자코 있자 엄마는 신문 뭉치를 내 앞에 놓았다.

"뭔데?"

"변호사 만나고 오는 길에 편의점에서 샀어."

"전부 오늘 거?"

엄마는 천천히 고개를 끄덕였다.

맨 위에 있는 신문을 가져와 한 장씩 넘겼다. 빠르게 기사 제목을 훑어봤다. 몇 장을 넘기고 그제야 눈이 멈췄다. 지면 맨 아래쪽에 열 줄 정도의 작은 기사가 있었다.

"일곱 군데 신문사 걸 샀는데, 네 군데에 실렸더라."

아침에 봤던 신문과 마찬가지로 아빠 이름에 '용의자'라는 호칭이 붙은 기사다.

"네 군데에……."

"응."

일곱 개 중 네 개. 이게 많은 건지 적은 건지, 잘 모르겠다. 사건도, 사고도, 매일 다양한 곳에서 일어나고 있다. 모두 기사가 되거나 보도되는 것은 아니다. 최근에는 연일 인터넷 뉴스와 텔레비전 뉴스에서 초등학생이 자작극으로 벌인 유괴 사건을 다뤘고, 그 전에는 배우를 사칭한 남자가 여자를 감금한 사건으로 온 나라가 들썩였다. 또 그 이전에는 정치가가 거짓말을 했다느니, 뭔가를 숨겼다느니 하는 사건이 크게 다뤄졌다.

그런 사건들을 다룬 기사에 비하면 아빠 사건에 대한 기사는 짤막하고 눈에 띄지도 않는다. 누가 읽을까 싶을 정도로 작다. 하지

만 기사의 크기와 숫자가 죄의 무게에 비례할 리 없다. 유괴 자작
극은 누군가를 다치게 한 것이 아니다. 배우를 사칭한 남자가 벌인
감금 사건도 사람의 목숨을 빼앗지는 않았다. 거짓말쟁이 정치가
들은 단지 돈과 욕심으로 더러워졌을 뿐이다. 아빠는 한 인간의 생
명을 끊었다. 아무리 사고였다고 해도.

"한동안 할머니 집에 가 있으려고 해."

엄마는 그렇게 말하고 신문을 접었다.

"너한테도, 슈헤이한테도 그게 좋을 것 같다. 이런 일은 소문이
금방 퍼지거든."

똑바로 내 얼굴을 보는 엄마에게서 눈을 돌렸다.

"학교에서 전화라도 온 거야?"

"전화?"

"담임한테서."

"담임 선생님이 전화를?"

"응."

"왜, 선생님이 무슨 말이라도 했어?"

엄마 목소리가 조금 커졌다.

"내가 먼저 물었는데."

"아, 그렇지." 하고 엄마는 고개를 가로저으며 대답했다.

"아니……. 전화 코드 뽑아 놨거든. 선생님이 아빠 얘기 했어?"

고개를 끄덕이면서 엄마의 표정을 살폈다.

"신문에서 이름을 봤다고. 오토이시라는 성이 흔하지 않아서 혹시나 했대."

"그래……. 뭐라고 대답했는데?"

그 상황에서 대답할 말은 한 가지밖에 없지 않을까?

"료헤이……?"

아니라고 해야 했을까?

"그냥."

"그냥이라니?"

"말했어. 아빠라고!"

나도 모르게 말이 거칠게 나갔다. 할머니는 움찔 몸을 떨었고, 엄마는 나를 물끄러미 보았다.

"너한테 그런 일을 겪게 해서 미안하다."

"아냐." 하고 고개를 저으면서 나는 입술을 깨물었다.

"미안해, 엄마."

"근데, 앞으로 그럴 일이 많을 거야. 담임 선생님이야 걱정돼서 물어보셨을 테지만, 그런 사람만 있지는 않으니까."

"오히려 그 반대인 사람이 더 많지. 료헤이, 우리 집으로 가자고 한 건 할머니야. 할아버지도 그게 좋겠다 하시고."

할머니는 내 등에 손을 얹으며 말했다.

"언제까지요?"

"확실하게 말할 순 없지만, 한동안은. 이제 2주만 지나면 여름방학이고, 2학기부터는 제대로 학교에 다닐 수 있게 아파트도 알아볼게."

"아파트?"

"그래, 언제까지나 할머니 집에 있을 수는 없잖아."

무슨 말인지 모르겠다. 아니, 할머니 집에 오래 있을 수 없다는 것은 안다. 그것 말고.

"이사하겠다고? 엄마 맘대로 왜……."

"그래서 지금 이야기하잖아."

"이건 결정해 놓고 통보하는 거지. 도망가겠다는 거잖아."

"그래. 도망가는 거야. 엄마한테는 너하고 슈헤이를 지킬 의무가 있으니까."

"왜 도망가야 하는데?"

엄마는 깊은숨을 내쉬며 "이거." 하고 주머니에서 뭔가를 꺼냈다.

"우린 가해자의 가족이니까."

가해자 가족……. 할머니는 얼굴을 돌리더니, 자리에서 일어나 소파 쪽으로 가 버렸다.

"그게 뭐야?"

엄마 손에 들린 것에 나의 시선이 가닿자 엄마는 그걸 펼쳐 물끄러미 바라보다 내 쪽으로 내보였다.

종잇조각 한가운데에 빨간 매직으로 휘갈겨 쓴 글자가 보였다.

'살인자'

엉겁결에 눈을 돌리고 말았다.

"우편함에 있었어."

엄마는 애써 감정을 억누르는지 사무적인 투로 말했다. 나는 어금니에 힘을 꽉 주고, 크게 숨을 들이마시고는 다시 종잇조각을 들여다봤다.

꿀꺽 침을 삼켰다. 누가, 누가 이런 걸 우편함에 넣은 거지? 우리 집을 어떻게 알았지? 뭣 때문에?

"각오는 했어. 어제 신문사에서 여러 번 찾아왔거든."

"아빠 얘기를 물어봤어?"

엄마는 시선을 떨어뜨리고 머리를 흔들었다.

"벨이 계속 울리는데도 안 나갔어."

"그럼, 어떻게 신문사라는 걸⋯⋯?"

"문에 명함이 끼어 있었거든."

고개를 끄덕이자 엄마는 "또." 하고 숨을 내쉬었다.

"오늘 아침에 무라야마 씨가 그러는데, 어제 신문 기자란 사람이 아빠에 대해서 묻더래. 그러면서 집에 무슨 일 있느냐고 묻잖아."

무라야마 씨는 세 집 건너에 사는 아주머니다.

"아빠 일, 동네 사람들이 아는 건 시간문제일 거야. 곧 학교에서도……. 내가 제대로 대응했어야 했어. 그럼 이웃 사람을 찾아가지는 않았을 텐데."

"그건 네 잘못이 아니다. 오토이시는 흔하지 않은 성이고, 어느 동네에 사는지까지 다 나온걸 뭐. 아무리 코딱지만 한 기사라도 자기가 사는 동네 이름은 눈에 잘 들어오는 법이다. 당연히 혹시 하고 생각하는 사람이 있지. 료헤이 학교 선생님도 그랬잖니. 안 그러냐."

할머니는 그렇게 말하면서 다시 탁자로 돌아와 나를 보았다.

"엄마, 이거 누가 썼는지 알아?"

엄마는 탁자에 놓인 종잇조각을 보며 "아니." 하고 고개를 가로저었다. 그리고 그걸 여러 번 접어서 바스러뜨리듯이 손에 꽉 쥐었다.

"어쨌든 이게 현실이야. 당장 내일 할머니 집으로 갈 거야."

엄마는 나오지 않는 목소리를 쥐어짜듯이 말했고, 나는 그런 엄마를 향해 고개를 끄덕여 보였다.

"엄마."

"왜?"

"언젠가는 돌아올 수 있는 거지?"

"글쎄."

엄마는 얼버무리듯이 말했다.

내 방으로 들어와 문을 닫고 창문을 열었다. 열자마자 묵직한 바람이 들어와 커튼을 흔들었다. 한껏 열기를 머금어서 전혀 시원하지 않았다. 그래도 에어컨 바람보다 바깥 공기를 쐬고 싶었다.

불을 끄고 침대에 누웠다. 밖에서 벌레 소리가 들려왔다. 눈을 감았지만 잠이 올 것 같지 않았다. 이쪽저쪽 몇 번을 뒤척이다가 문득 떠올랐다.

일어나서 스탠드만 켜고 책상 위에 놓아둔 가방을 열었다. 분홍색 노트를 꺼내 들었다. 미카가 빌려준 노트다. "시험 전인데 괜찮아?"라고 물었는데 "축제 때 돌려줘."라고 했었다.

아, 축제…….

내일 할머니 집으로 가더라도 거기서 축제 장소까지는 그렇게 먼 거리는 아니다. 한 시간 정도면 돌아올 수 있다.

하지만 내가 축제에 가도 되는 건가. 아빠 일을 숨긴 채 친구들과 함께해도 되는 건가.

조금 전까지는 학교 친구들에게 아빠 일을 들키지 않을 줄 알았다. 모른다면 굳이 말할 필요는 없다고도 생각했다. 어쩌면 그건 안이한 생각일지도 모른다. 이웃에게 아빠에 대해서 물었다는 기자 이야기나 종잇조각에 쓰인 혐오 글을 생각하면 아마 그리 멀지 않은 시기에 알려질 거다.

그보다 월요일부터 등교하지 않으면 다들 이상하게 생각하겠지. 그렇다면 소문나기 전에 도망치려는 계획이 오히려 역효과다. 도망쳐서 의심받게 되고, 소문이 파다하게 퍼질 거다. 그건 웃기는 일이다.

나카자와가 아빠 사건을 알면 어떻게 생각할까. 미카는 어떻게 생각할까. 아무런 말도 하지 않은 나에게 속았다고, 배신당했다고 생각하지 않을까. 그렇다면 차라리 다시는 만나지 않는 게 낫다. 축제에도 가지 않는 게 좋을지 모른다.

노트를 집어 들었다. 빌린 보람도 없잖아. 아무 생각 없이 팔랑팔랑 노트를 넘기자 마지막 페이지에 유카타(일본의 전통 의상으로, 일본 여관에서 목욕을 한 후나 축제 때 주로 입는다_옮긴이)를 입은 남자와 여자 그림이 보였다. 동글동글한 글씨로 남자 밑에는 'Ryo', 여자 밑에는 'Mika'라고 쓰여 있다.

"이게 나라고?"

순 엉터리네, 나도 모르게 피식 웃었다.

"몰라, 싫어! 절대 안 가!"

옆방에서 슈헤이가 내지르는 소리에 잠이 깼다. 꿈지럭거리며 일어나자 슈헤이가 뛰어 들어왔다.

"왜 그래, 꼭두새벽부터."

슈헤이는 흥분했는지 얼굴이 벌겠다.

"그게, 그게, 엄마가 오늘부터 우리 여름 방학 끝날 때까지 할머니 집에 간대."

그 이야기였어…….

"좋겠네, 뭐. 너 할머니 집 좋아하잖아."

"안 돼. 화요일에 장기 자랑도 해야 하고, 월요일부터는 내가 급식 당번이란 말이야."

장기 자랑은 그렇다 쳐도 급식 당번 때문에 안 된다니.

"별것도 아닌 걸 가지고 그래."

"중요한 거란 말이야!"

슈헤이는 발을 쾅쾅 굴렀다.

"나 학교 가고 싶어."

"안 돼."

"가고 싶어, 가고 싶다고!"

덥다……. 창문을 열자 땀이 밴 피부에 후텁지근한 공기가 휘감겼다.

"형."

시끄럽다.

"나 장기 자랑 때는 갈래."

"안 된다니까."

"왜 안 돼?"

슈헤이, 제발⋯⋯. 옆방에서 들리는 엄마 목소리까지⋯⋯. 너무 시끄럽다.

"안 돼?"

"⋯⋯."

"형."

"시끄러워!"

그만 버럭 소리치고 말았다. 슈헤이는 어깨를 움찔하고는 겁먹은 듯이 눈을 크게 뜬 채로 얼음처럼 굳었다.

"미안."

내가 손을 뻗자 슈헤이는 몸을 틀어 금방이라도 울 것 같은 얼굴로 날 노려보았다.

"무슨 일이야?"

엄마가 놀란 얼굴로 뛰어 들어왔다. 슈헤이는 아무 말도 하지 않고 엄마를 밀치며 방을 나갔다.

"무슨 일 있었어?"

"아니 그냥."

"료헤이."

"쟤가 귀찮게 굴어서, 좀 짜증이 났던 것뿐이야."

엄마는 더는 아무것도 묻지 않았다.

"할아버지가 10시에 차로 데리러 오시겠대. 일단 갈아입을 옷하고 필요한 것만 챙겨 둬."

"응."

등 뒤에서 조용히 문 닫히는 소리가 났다.

매미가 울어 대기 시작했다. 나뭇잎이 사락사락 흔들리고 방 안으로 바람이 들어온다. 크게 숨을 내쉬어 보았다.

창밖으로 얼굴을 내밀자 초록 잎이 무성한 예쁜 매화나무 두 그루가 눈에 들어왔다. 아빠는 이 나무에 열린 매실을 보고 이 집을 샀다고 했다. 지은 지 20년쯤 된 오래된 주택이라 엄마는 썩 내키지 않았던 모양이지만 아빠는 마당에 열매 열리는 나무가 있는 집에 살고 싶었다고 말했다.

내가 열 살, 슈헤이가 두 살 때 여기로 이사 왔다. 그 해부터 다 함께 매실을 따는 것이 우리 가족의 연례행사였다. 한 알 한 알 매실을 따서 양동이에 모았다. 알알이 꼭지를 떼 깨끗이 물에 씻고 물기를 꼼꼼하게 닦은 다음 장아찌를 만들고 청을 담갔다. 갓 딴 매실에서는 새콤하고 달콤한 복숭아 향이 은은하게 난다.

올해도 한 달 전에 크고 굵은 매실을 땄다. 아빠와 엄마와 슈헤이 셋이서. 나는 중학생이 된 후로 한 번도 매실 따기에 참여하지 않았다. 동아리와 친구들과의 약속을 핑계로 매번 빠졌다. 가족과 함께 뭔가를 한다는 게 어린애 같았고, 귀찮았다. 친구들과 공을 차는 게 훨씬 재미있었다.

이제 그렇게 매실을 딸 일도 없겠지…….

"료헤이."

복도에서 엄마가 부르는 소리에 창문을 닫았다.

아침을 먹고, 부엌 정리는 할머니에게 맡긴 후 나와 엄마는 2층에 올라와 짐을 싸기 시작했다. 슈헤이는 여전히 토라진 채로 소파에서 몸을 둥글게 말고 있다.

"료헤이, 옷은 일단 여름 것만 챙기면 돼. 그리고 공부할 책들은 잊지 말고."

"시험도 안 볼 건데."

"학교는 한동안 쉬지만 그래도 넌 수험생이야."

엄마는 무심결에 뱉은 말에 놀랐는지 잠시 손을 멈추고 얼굴을 들었다.

"미안하다. 중요한 시기인데."

엄마가 사과할 일이 아니다.

"별로 뭐."

"별로라니, 중요한 시기가 맞지."

"괜찮아. 그런 데 신경 쓸 때 아니잖아, ……지금 우리 집."

서랍장 맨 아래 칸에 들어 있는 슈헤이의 옷을 꺼내 침대 위에 늘어놓으면서 대꾸하자 엄마는 후유, 한숨을 내쉬었다.

"그렇지만 네 고등학교 입시도 중요해."

"나도 알아. 슈헤이 옷, 서랍장 안에 든 건 다 꺼냈어. 내 거 챙기고 올게."

그렇게 말하고 방을 나왔다.

엄마에게 미안하다는 말을 들으면 숨이 막힌다. 엄마도 우리와 마찬가지로 힘들 거고, 엄마가 나쁜 짓을 한 것도 아니다. 그걸 모르지 않는데도 엄마가 미안하다고 하면 나도 모르게 쏘아붙이고 싶어진다. 폭발하기 직전에 가까스로 억눌렀지만 다음에 또 같은 상황이 벌어지면 참을 수 있을지 자신이 없다.

운동 가방에 옷 몇 벌과 휴대폰 충전기, 그리고 미카가 빌려준 노트를 넣고, 교과서와 교재는 책가방에 꽉 채워 넣었다. 당장 필요한 것만 챙겼기 때문에 짐 싸기는 생각보다 빨리 끝났다.

책상 의자를 빼내어 앉았다. 회전식 의자를 좌우로 돌리면서 방 안을 둘러봤지만 달라진 건 없다. 책상 위 책꽂이에 교과서들이 몽땅 사라진 정도다.

의자를 천천히 돌렸다. 오른쪽, 왼쪽, 오른쪽, 왼쪽, 오른쪽……. 그때 방문이 살짝 열리는 기척이 느껴져 의자 돌리기를 멈췄다. 문이 도로 쾅 닫혔다.

"슈헤이."

내가 부르는 소리에 다시 문이 열렸다.

"뭐 해? 이리 와."

슈헤이는 눈을 치켜뜨고 나를 보았다.

"아까는 형이 미안했어."

"이제 화 안 낼 거야?"

"화 안 내. 반성했어."

내 사과에 슈헤이는 이내 웃는 얼굴이 되어 침대 위로 뛰어 올라갔다.

"너, 학교 가고 싶었구나."

"응? 응. 있지, 나랑 마 군, 장기 자랑 시간에 니닌바오리(두 사람이 한 장의 하오리를 걸쳐 입고 한 사람인 것처럼 보이도록 하는 기예. 하오리는 기모노 위에 입는 짧은 옷이다_옮긴이) 할 거야."

"옛날 개그에서나 하는 거 아냐? 너희 노친네 같다."

"난 재밌는데. 내가 마 군 뒤에서 물감으로 그림을 그릴 거야. 마군 얼굴이 물감 범벅이 되는 거지."

슈헤이는 그 모습을 상상하는지 키득키득 웃더니 이내 시선을 스윽 떨어뜨렸다.

"나 없으면 마 군이 곤란해. 우리 계획은 혼자서 완성할 수 없단 말이야."

그렇겠다…….

"그래서 나……."

슈헤이는 이야기하다가 또 눈물을 글썽였다. 장기 자랑 시간만이라도 학교에 보내도 되지 않을까 생각하던 찰나에 집 밖에서 우편함이 텅 울렸다. 놀라서 얼른 창밖을 확인했다. 오토바이를 탄 우편배달부가 보였다.

역시 안 될 일이다. 종이에 적힌 빨간 글씨가 번쩍 뇌리를 스쳤다. 주먹을 꽉 쥐고 조용히 숨을 내쉬었다.

"슈헤이, 할머니 집에 왜 가는지, 엄마한테 들었지?"

"들었어. 아빠가 체포돼서."

"그래."

"근데, 아빠는 나쁜 사람 아냐."

슈헤이는 아빠가 사람을 죽인 건 모른다. 언젠가는 솔직히 이야기할 때가 오겠지만 지금 그걸 말하는 건 너무 잔인하다.

"할머니 집에 가는 건, 엄마를 위해서야."

"엄마를 위해서?"

"응. 아빠 일 때문에 변호사한테도 다녀야 하고, 엄마 바쁘잖아."

내가 옆에 앉자 슈헤이는 고개를 한 번 끄덕했다.

"엄마 혼자서 나랑 너를 돌보고, 또 다른 일도 많은데 얼마나 힘들겠냐. 근데 할머니 집에 가면 할머니랑 할아버지가 계시니까, 엄마가 좀 편해질 거야."

"그래도 난 여기에 있고 싶어."

"나도 여기 있고 싶지. 친구들이랑 헤어지는 거, 솔직히 말하면 형도 싫어. 그래도 형은 할머니 집에 갈 거야."

"엄마가 힘드니까?"

"그래. 슈헤이 넌? 너도 엄마한테 힘이 되고 싶잖아?"

"응."

"좋아."

시계를 보니 아직 9시 전이었다. 할아버지는 10시에 오기로 했다.

"슈헤이, 지금 마 군한테 가자."

"어?"

"형이 자전거 태워 줄 테니까, 마 군한테 장기 자랑 날에 학교 못 가게 돼서 미안하다고 말하고 와."

슈헤이의 표정이 환하게 밝아졌다.

나와 슈헤이는 살그머니 계단을 내려가 현관문을 열었다. 그리고 안에 대고 "잠깐 나갔다 올게."라고 말하고 밖으로 나왔다.

문 앞에 세워 놓은 자전거 뒷자리에 슈헤이를 앉히자 슈헤이가 "앗!" 하고 얼굴을 들었다.

"선생님이 자전거에 둘이 타면 안 됐댔는데."

슈헤이 말을 못 들은 척했다.

"꽉 잡아."

슈헤이의 머리가 내 등에 딱 붙었다. 그 감촉을 느끼면서 페달
을 힘주어 밟았다.

그리고, 넉 달이 흘렀다.

"무로이, 무로이!"

계단 층계참에 서서 창밖의 교정을 바라보고 있는데 누가 등을
콕 찔렀다.

"응, 아, 나?"

"그래. 무로이, 하고 불렀잖아."

앞머리에 핀을 꽂은, 눈꼬리가 가늘고 긴 여자애가 나를 흘겨본
다. 분명 우리 반의……. 이름까지는 기억 안 난다.

"왜."

"왜라니, 졸사 찍을 거니까 모이라고 말했잖아."

"졸사?"

"졸업 사진."

그건 안다. 알긴 하는데.

"찾아도 없어서, 너 빼고 찍어 버렸잖아."

"아, 그래."

그런 일들에는 관심 없었다. 그대로 창밖으로 시선을 돌리자 이번엔 그 애가 내 팔을 잡았다. 에잇, 혀를 차며 거칠게 손을 뿌리쳤다.

"그래서 어쩌라고."

"어쩌라고가 아니지. 졸업 사진은 평생 남는 거잖아."

"나랑은 상관없거든."

"상관없긴 왜 없어! 무로이 너도 우리 반의 일원인데. 뭐, 우리 학교에서 추억 같은 거 별로 없긴 하겠지만……."

눈꼬리가 가늘고 긴 여자애가 말끝을 흐렸다.

이 중학교에 온 것은 두 달 전이다. 여름 방학이 끝나고 새 학기에 맞춰 전학했다. 전학과 동시에 나는 '오토이시 료헤이'에서 '무로이 료헤이'가 됐다. 엄마와 아빠가 이혼했기 때문이다. 무로이는 결혼하기 전 엄마의 성이다. (일본에서 결혼한 여성은 남편의 성을 따른다_옮긴이)

"아무튼 같은 반이 된 것도 인연이니까, 추억 한두 개라도 만들자."

열을 올리는 여자애의 시선을 피해 고개를 돌리고, 홍 하고 코웃음을 쳤다.

"왜?"

"그 말, 진심으로 하는 거냐?"

"당연하지."

여자애가 고개를 갸우뚱했다.

"난 추억 같은 거 만들고 싶은 생각, 눈곱만치도 없고, 이 학교에도 이 반에도 애정 같은 거 1밀리도 없어. 게다가 이름도 모르는 애들만 득시글거리는 졸업 앨범 따위, 누가 갖고 싶겠냐?"

"그래도 같은 반이잖아. 난 졸업해도 너를 기억할 거 같은데."

얘, 또라이 아냐?

"아니, 기억하고 싶어."

무슨 소리를 하는지 모르겠다. 문득 벽에 붙은 거울이 보여 손톱으로 거울을 튕겼다. 새 교복 재킷을 입은 내 모습이 우스꽝스럽게 여겨졌다.

졸업까지 반년도 안 남았는데 새 교복을 장만하다니 정말로 쓸데없는 짓이다. 전에 입던 교복을 입어도 된다고 했지만 엄마도 할머니도 그건 안 된다면서, 교복부터 체육복과 실내화까지 전부 새것으로 마련했다.

"그리고, 난 이리에야. 이리에 와카바. 어쨌거나 우리 반 반장이고."

"……."

"방금 네가 이름을 모른다고 해서, 다시 내 소개를 한 거야."

점심시간 끝을 알리는 종이 울렸다.

"아 5교시, 영어 시간인데. 늦으면 단어 100번 써야 하니까 서둘러."

제 할 말을 마친 이리에 와카바는 치맛자락을 펄럭거리며 계단을 내려갔다.

"다녀왔습니다."

현관문을 열자 석유난로 냄새가 났다. 할머니 집의 겨울 냄새다. 할머니 집은 계절에 따라 냄새가 달라진다.

"형이다!"

슈헤이가 뛰어나왔다. 뒤따라 할머니도 나왔다.

"료헤이 어서 와라. 학교는 어땠니?"

학교에서 돌아오면 할머니는 날마다 같은 인사를 한다.

"그냥 그랬어요."

내 대답도 언제나 똑같다.

"그래, 다행이구나. 슈헤이도 오늘은 할머니랑 수학 공부했지? 우리 슈헤이가 계산이 얼마나 빠른지, 할미가 졌지 뭐냐."

할머니가 웃는 얼굴로 슈헤이 머리에 손을 얹자 슈헤이는 쑥스러운 듯이 웃었다. 그런 동생의 얼굴을 보면 마음이 놓이면서도 한편으로 가슴이 좀 뻐근해진다.

"간식 챙겨 놨으니까 얼른 옷 갈아입고 와."

맨투맨 티로 갈아입고 거실로 갔다. 할아버지와 슈헤이가 카드 놀이를 하고 있었다. 강아지 페로가 그 옆에서 발라당 드러누워 자고 있다.

"둘이서 조커 게임이라니, 재미 하나도 없겠네."

내 말에 슈헤이는 "재미있어." 대답하고, 손에 쥔 카드를 할아버지 쪽으로 들이밀었다. 슈헤이의 눈길이 오른쪽에서 두 번째 카드에 멈춰 있다.

"어디 보자, 할아버지는 조커는 안 뽑는다."

할아버지는 슈헤이가 내미는 카드 앞에서 천천히 손가락을 움직이면서 왼쪽 끝에 있는 카드를 빼려다 "역시 이거야." 하고 오른쪽에서 두 번째 카드를 뽑았다. 그 순간, 슈헤이는 "이겼다." 하고 소리치면서 재미있어 죽겠다는 듯이 앉은 채로 몸을 들썩거리며 웃었다.

부엌에서 할머니가 경단을 쟁반에 담아 내왔다. 쌀가루로 빚은 경단에 달콤한 간장을 바르고 참깨를 뿌렸다.

"료헤이, 간식 좀 먹어."

"네."

슈헤이 옆으로 바짝 붙어 앉자 할아버지가 내 쪽으로 눈을 돌렸다.

"학교는 어디 갈지 생각해 봤냐."

"아직 생각 중이에요."

"넌 축구부가 탄탄한 학교에 가고 싶겠지?"

"……그렇진 않아요."

"그래?"

"네. 뭐 고등학교 가서는 축구를 할지 안 할지도 모르니까요."

할아버지는 들고 있던 찻잔을 탁자 위에 내려놓았다.

"고등학교 가면, 하고 싶은 게 많아요."

"많다니, 예를 들면?"

"알바라든가, 여러 가지요."

"료헤이."

조금 전까지와는 다른 할아버지의 나직한 목소리에 슈헤이는 불안한 듯이 할아버지와 나를 번갈아 보면서 목을 움츠렸다.

"딱히 눈치 보여서 그런 건 아니에요."

여기에 와서 얼마쯤 지났을 때, 할아버지는 하고 싶은 게 있다면 예전처럼 마음껏 하라고 말했다. 구체적으로 뭘 하라고 말하지는 않았지만 진로나 동아리 이야기라는 것은 알았다.

"알바는 원래부터 해 보고 싶었어요. 또 동아리에 들어가면 고등학교 생활을 전혀 못하게 될 텐데, 그래도 되나 싶어서요."

히죽 웃으면서 경단에 손을 뻗자 슈헤이도 마음이 놓이는지 "나도." 하고 경단을 집어 들었다.

"아직 안 정했어요. 나중에 축구가 하고 싶다는 생각이 들면 할 수도 있고, 아니면 완전히 다른 동아리를 할지도 모르고요."

할아버지의 찻잔에 차를 따르던 할머니가 말했다.

"할머니는 찬성. 료헤이는 아직 젊으니까 여러 가지 것에 도전해 보는 게 좋지. 축구에만 매달릴 거 뭐 있어."

"뭐, 그것도 맞는 말이긴 하지만……."

할아버지의 대답은 모호했지만 더는 심각한 이야기를 하지는 않았다. 할머니는 나와 눈이 마주치자 어깨를 으쓱해 보이며 눈썹을 꿈틀거렸다.

"잘 먹었습니다. 올라가서 숙제할게요."

"미안하지만 2층 덧문 좀 닫아 주겠니?"

"알았어요."

딱 하는 소리와 함께 천장에 매달린 줄을 잡아당기자 몇 초 후에 지지직 하면서 전등의 불이 켜졌다. 책상 옆에 있는 전기난로를 켜고 그 앞에 무릎을 끌어안고 앉았다. 두 개의 하얀 대롱 같은 석영관이 빨갛게 달궈지는 것을 바라보면서 숨을 길게 내쉬었다.

'고등학교 가면, 하고 싶은 게 많아요.'

거짓말은 아니다.

할아버지에게 했던 말은 되는 대로 내뱉은 것도 아니고, 그 자리를 모면하기 위해서 적당히 둘러댄 것도 아니다. 많은 것들을 해 보고 싶은 것도 진심이고, 알바해서 돈도 벌고 싶다.

우리 집에는 돈이 없다. 생각해 보면 당연하다. 아빠가 체포됐다는 건 수입원이 끊겼다는 말이기도 하다. 엄마는 일자리를 찾고 있지만 취직이 쉽지 않은 상황이다. 지금은 도시락 가게와 편의점에서 아침부터 밤까지 투잡을 뛰고 있다.

8월 들어서 몇 번, 할아버지 차를 빌려 엄마와 밤늦게 집에 다녀왔다. 남겨 둔 짐을 챙기고 집 정리를 하기 위해서였다. 그때 엄마는 가능한 한 빨리 집을 팔아 대출금을 갚아야겠다고 했다.

돈을 벌고 싶은 것도 큰 이유다.

하지만 축구를 내려놓으려는 건 그런 이유 때문이 아니다. 단지 도망치고 싶을 뿐이다. 고등학교에서 축구를 하게 되면 시합이나 대회에서 나를 아는 애들을 만날지도 모른다. 아니, 반드시 마주칠 것이다. 그게 두렵다. 내가 '오토이시 료헤이'였던 것을 알고 있는 누구와도 마주치고 싶지 않다.

복도에서 희미하게 슈헤이의 노랫소리가 들려왔다. 할아버지와 목욕하고 있을 것이다. 무슨 노래인지는 모르지만 목소리에서 즐

거움이 느껴진다.

슈헤이는 가까스로 예전처럼 웃을 수 있게 됐다. 할아버지나 할머니와 함께 있을 때는 말도 곧잘 한다. 할아버지의 등에 매달리기도 하고, 할머니의 허리를 끌어안기도 하고. 그리고 페로를 돌보는 것도 이제는 거의 슈헤이 혼자서 하고 있다. 할아버지도 할머니도 그런 슈헤이가 한없이 기특할 것이다. 두 분은 너무 오냐오냐 하는 게 아닌가 싶을 정도로 슈헤이를 귀여워한다.

구김살 없이 환하게 웃는 슈헤이를 보고 있으면 이제 괜찮은 걸까 싶기도 하다. 아니다, 괜찮아 보여도 실은 그렇지 않다.

슈헤이는 아직 학교에 가지 못한다. 아무도 그 문제를 입에 담지 않는 것은, 슈헤이의 그 모습을 다시 보고 싶지 않아서다.

우리가 이 집에 온 것은 여름 방학이 시작되기 두 주쯤 전이었다. 아빠 사건이 주위에 알려지기 전에 집을 떠나야 해서 급히 여기로 이사를 온 거다. 나와 슈헤이를 지키기 위해서 내린 결정이었다. 특히 슈헤이에게는 아빠가 체포된 이유를 말하지 않았기 때문에 자칫 주위 사람들로부터 사실을 듣지나 않을까, 엄마는 그게 두려웠던 모양이다.

여름 방학이 시작되기 전까지는 나도 슈헤이도 낮에는 집 안에만 머물렀다. 학교에 있어야 할 시간에 밖을 어슬렁거리면 자칫 주위의 시선을 끌 수도 있기 때문이다.

나는 예전에 엄마 방이었다는, 두 평 반쯤 되는 2층 방에서 일단 수험생답게 교재를 펼쳐 놓고 지낸다. 이따금 방보다 두 배 쯤 더 넓은 베란다로 나가 책을 읽거나 선잠을 자기도 하는데, 대개는 지루하게 보냈다. 슈헤이는 오전에 잠깐 책상 앞에 앉아 연습 문제를 풀기도 했다. 그 외에는 거의 할머니 꽁무니를 따라다니면서 요리와 정원 손질하는 걸 거들었다. 실제로는 거들기보다 방해하는 거나 다름없지만.

엄마는 아빠 일로 계속 가와바타 변호사 사무소에 드나들면서 직장을 구하고 있었다. 아빠는 기소가 결정돼서 이르면 내년 1월 경에 공판, 다시 말해 재판을 받게 된다고 한다.

아빠를 만나러 가고 싶었다. 하지만 엄마는 아빠와 만나기 어려울 거라고 했다. 아빠는 체포된 후로 줄곧 우리의 면회를 거부하기 때문이다.

가와바타 변호사를 통해서 아빠가 우리에게 미안해한다는 것도, 자신은 가족을 만날 자격이 없다고 했다는 말도 전해 들었다. 그 말을 듣고 더 화가 났다. 아빠에게는 면회를 거부할 자격이 없다. 사과할 거면 남을 통하지 말고 나와 엄마와 슈헤이의 눈을 보고 직접 해야 하는 거 아닌가. 그렇게 하지 않는다면 마음이 전달되지 않는다. 그렇게 가르친 것은 아빠였다.

전국의 모든 초·중등학교가 여름 방학에 들어가자, 슈헤이는 아침부터 밖에 나가서 놀았다. 슈헤이는 여름 방학 전부터 할아버지가 퇴근하면 함께 산책을 하곤 했다. 그래서 근처의 길이며 공원, 구멍가게 위치까지 훤히 알았기 때문에 혼자서도 밖에 나갈 수 있었다. 밀짚모자를 쓰고, 물통을 둘러메고, 손에는 곤충망을 들고, 그야말로 여름방학을 맞은 전형적인 초등학생 모습으로 아침에 나가서 점심때 돌아왔다가 점심을 먹고 다시 놀러 나갔다. 혼자서 참 잘도 논다 싶었는데, 어느새 친구가 생긴 모양이었다. 슈헤이 말에 따르면, 여름 방학을 맞아 조부모 집에 와 있는 같은 또래의 쌍둥이란다. 쌍둥이지만 성별도 다르고 얼굴이 하나도 닮지 않았다고 의기양양하게 말하는 슈헤이를 보면서 역시 여기에 오길 잘했다고 생각했다.

　바로 그 무렵의 일이다.

　8월의 첫 일요일. 오전 10시쯤 슈헤이가 쌍둥이 친구들과 함께 놀러 나가고 얼마 지나지 않아, 불쑥 오우메 할아버지가 찾아왔다. 오우메 할아버지는 아빠의 아버지, 우리한테 친할아버지다.

　"료헤이, 못 본 새 더 컸구나."

　오우메 할아버지는 현관문을 열어 준 나를 보고 웃었다. 볕에 그을린 갈색 피부에 주름이 깊어 보였다.

마흔에 아빠를 얻었다고 했으니 오우메 할아버지는 이제 여든이 넘었다. 그래도 다리와 허리는 튼튼해서 여전히 밭일도 하고, 매일 아침 강가에 나가 낚시도 한다. 아빠 고등학생 때 할머니가 돌아가신 뒤로 할아버지는 지금껏 혼자 살고 있다.

"불쑥 찾아와서 참으로 죄송합니다."

현관 앞에 서 있던 오우메 할아버지는 할머니가 나오자 모자를 벗고 허리까지 구부려 인사했다. 할머니는 놀라 어쩔 줄 모르며 "여보." 하고 할아버지를 불렀고, 할아버지도 오우메 할아버지를 보자 눈이 휘둥그레졌다.

"오랜만에 뵙겠습니다. 아들놈이 그런 몹쓸 짓을 저질러서, 제가 입이 열 개라도 할 말이 없습니다."

오우메 할아버지는 아까보다 더 깊숙이 머리를 숙였다.

"들어오시지요. 여기 서서 말씀하시기도 좀 그렇고 하니."

할아버지가 오우메 할아버지의 등에 손을 대자 오우메 할아버지는 천천히 수그렸던 몸을 일으켰다.

엄마를 불러오라는 할머니의 말에 2층으로 올라갔다. 엄마는 베란다에 이불을 널고 있었다.

"엄마, 오우메 할아버지."

"할아버지한테 무슨 일 생겼대?"

"오셨어."

집게손가락을 아래로 가리키자 엄마는 눈을 몇 번 껌뻑거렸다.

"여기에?"

"여기에."

엄마는 손에 들고 있던 이불을 바구니에 도로 넣고 계단을 내려 갔다. 그 뒤를 따라 거실로 들어가자 탁자를 사이에 두고 할아버지 와 오우메 할아버지가 마주 앉아 있었다. 오우메 할아버지는 무릎 을 꿇고 그 위에 손을 얹은 채로 고개를 수그리고 있다.

"아버님!"

엄마 목소리를 들은 오우메 할아버지는 엄마 쪽으로 얼굴을 돌 리고 머리를 푹 숙였다.

"어멈아, 미안하구나."

"아버님."

"사돈어른, 고개 드시지요. 교코도 거기 앉아라."

할아버지가 간곡하게 말하자 오우메 할아버지는 천천히 몸을 일으켰다. 그와 동시에 할머니는 장지문 옆에 서 있는 내 팔을 잡 아끌었다.

"저도 여기 있을래요."

"료헤이."

"어머니, 료헤이가 여기 있고 싶다면 있게 놔둬요."

엄마의 말이 당황스러운지 할머니는 할아버지를 쳐다봤다.

"료헤이한테는 다 이야기했어요."

할아버지도 고개를 끄덕였고 그제야 할머니는 내 팔을 놓았다.

아무도 입을 열지 않았다. 벽시계의 초침 소리만 째깍째깍 울렸다. 공기가 무겁다. 소리 없이 크게 숨을 들이마셨다가 내뱉었다. 슬쩍 얼굴을 들어 보니 오우메 할아버지는 아까와 같은 자세 그대로 머리를 숙이고 있다.

"헌데 오늘은 어쩐 일로."

할아버지가 입을 떼자 오우메 할아버지는 어깨를 움찔 떨고는 튕기듯이 방석 옆으로 내려앉아 무릎 꿇은 자세 그대로 방바닥에 연신 머리를 문질렀다.

"사돈어른……."

"참으로 죄송하게 됐습니다. 아들놈이 돌이킬 수 없는 짓을 해서 어멈에게도, 료헤이에게도, 슈헤이에게도 고통을 안겨 줬습니다. 사돈댁에도 폐를 끼치고."

오우메 할아버지는 목이 메는 것 같았지만 준비한 말을 쏟아 내듯 단숨에 말했다.

"아버님."

엄마는 그런 오우메 할아버지 옆으로 가서 할아버지 어깨에 손을 얹었다.

"고개 드세요. 아버님이 이렇게 사과하시면 저도 난처해요."

"그렇습니다. 이러시면 이야기가 되지 않습니다."

할아버지가 말하자 오우메 할아버지는 "예." 하고 고개를 들었다. 시선은 여전히 방바닥을 내려다본 채였다.

"저와 아내는 솔직히 고헤이한테 화가 납니다."

"예."

"어쩌다가 사람을 해쳤는지는 모르겠습니다만, 제 딸과 손자들을 가해자 가족으로 만들어 버렸어요. 살던 집에도 못 있고, 손자들은 학교에 갈 수도 없게 됐지요. 게다가 앞날을 생각하면 불안해서 견딜 수가 없습니다. 취직이나 결혼할 때, 행여나 아비의 일이 손자들 발목을 잡지는 않을까 생각하면, 정말이지 가슴이 콱 막힙니다."

"……."

"저희도 어떡해야 좋을지, 아직은 그저 막막한 상태입니다. 게다가 우리는 사건에 대해서 전혀 아는 바가 없다는 것도 답답할 뿐입니다."

할아버지는 담담한 말투였다. 그동안 오우메 할아버지는 가끔 콧물을 훌쩍이면서 한마디도 하지 않고, 그저 꿇은 무릎을 꽉 쥐고 있을 뿐이었다.

오우메 할아버지가 비참해 보였다. 오우메 할아버지 역시 아무 짓도 하지 않았다. 그런데 아빠의 아버지라는 이유만으로 가해자

입장이 되고, 우리는 피해자 입장이 되었다. 그렇다면 나는 어떤가. 엄마나 할아버지나 할머니는 아빠와 피가 섞이지 않았다. 하지만 나와 슈헤이는? 자식은 상관없는 건가? 오우메 할아버지가 머리를 조아리고 비난받는 것은 부모라서?

아빠는 성인이다. 아빠가 줄곧 함께 살아온 가족은, 지금 아빠의 가족은, 엄마와 나와 슈헤이지 오우메 할아버지가 아니다.

"어제, 고헤이를 만나고 왔습니다."

뭐? 아빠가 면회를 했다고?

엄마도 놀란 얼굴로 오우메 할아버지를 바라봤다.

"면회가 되던가요?"

엄마가 흥분 섞인 목소리로 물었다.

"예. 그제, 가와바타 변호사가 연락했더군요, 고헤이가 와 달란다고. 그놈이 면회를 거부한다는 이야기는 변호사를 통해서도 이미 들었고, 저도 두 번 면회 갔다가 두 번 다 그냥 되돌아와야 했었지요."

"그래도 아버님은 어제 만나셨네요."

"만났지."

"그이, 건강하던가요?"

"아주 많이 야위었더라. 헌데 차분해졌어. 아니지, 넋 나간 얼굴을 하고 있더구나."

"그렇던가요."

"너랑 료헤이랑 슈헤이한테 미안하다고."

"저……, 사건에 관해서는 이야기 안 하던가요?"

"죽일 생각은 없었다고."

엄마는 말없이 고개를 끄덕였다.

"스즈키 씨는 대학 시절 친구였고, 직장의 거래처 담당자기도 했던 모양입니다. 반년쯤 전에 우연히 다시 만났다더군요."

"금전 문제가 있었다는 얘기는요?"

"그쪽 요구로 50만 엔을 빌려줬는데……. 상환 문제로 언쟁하다 그만."

"그게 무슨……."

"욱해서 쳤다는데……. 휴, 그 무슨 말도 안 되는 짓을."

오우메 할아버지는 무릎을 세게 한 번 쳤다.

"아빠가 왜 할아버지를 만나고 싶다고 한 거지?"

나직이 혼잣말처럼 내뱉었다. 오우메 할아버지는 어깨를 움찔 떨고는 시선을 떨어뜨린 채로 엄마 쪽으로 얼굴을 돌렸다.

"이혼하고 싶다고."

……．

"네?"

엄마 입에서 얼빠진 목소리가 나왔다.

"이혼해 달라고, 어멈한테 전해 달라고 하더군요."

"왜, 왜요? 왜?"

갑자기 소리치는 나를 할머니가 말렸다.

이혼? 무슨 말을 하는 건지 모르겠다. 어떻게 아빠가 그런 말을 할 수 있는 거지.

"그이가 그러던가요?"

"엄마?"

"짐작은 했어요, 어렴풋이."

엄마는 조용히 말하고, 오우메 할아버지에게 바라보고 고개를 끄덕여 보였다.

"이혼 신고서는 가와바타 변호사한테 건네면 되는 거죠?"

"잠깐, 갑자기 이야기가 왜 그렇게 흘러가는데. 그래도 돼? 엄마는 아빠를 버리는 거야?"

"그런 게 아니야. 하지만 아빠 심정을 이해해."

"뭘?"

"엄마가 아빠라도 그랬을 거야."

"난 무슨 말인지 모르겠어. 그래도 이건 말이 안 돼. 할아버지, 안 그래요?"

할아버지는 머뭇거릴 뿐 아무 말도 하지 않았고, 할머니는 나와 눈이 마주치자 조용히 고개를 가로저었다.

"아빠는 더 이상 피해 주고 싶지 않은 거야. 알잖아."

"몰라……."

"료헤이."

오우메 할아버지가 무릎 꿇은 채 내 쪽으로 몸을 틀었다.

"지금 네 아비가 할 수 있는 것이 이것밖에 없지 않겠냐. 네 아비는 너랑 슈헤이를 살인자 아들로 두고 싶지 않은 거야."

등 뒤에서 뭔가 탕 하고 떨어지는 소리가 나고, 발밑으로 물통이 굴러왔다. 돌아보니 슈헤이가 파랗게 질린 얼굴을 하고 서 있었다.

슈헤이가 전부 들은 거다. 아빠 일을 들켜 버렸다.

"슈헤이." 하고 부르는 엄마 목소리가 몹시 떨렸다.

"우리 아빠, 살인자야?"

"그게 아니야. 슈헤이, 그게 아니고."

할머니가 뺨을 일그러뜨리면서 아니라고 했지만 슈헤이는 여전히 파랗게 질린 얼굴로 한 번 더 되물었다.

"우리 아빠, 살인자야?"

엄마는 세차게 고개를 저었다.

"아냐. 그렇지 않아, 아빠는 사고로……."

"교코!"

할아버지가 엄마 말을 막았다.

"더는 속이지 않는 게 좋겠다. 슈헤이한테도 확실하게 이야기
를……."

"그만해요!"

으아아 ─────────────

　　으아아 ─────────────

　　　　으아아 ─────────────

순간 슈헤이가 괴성을 질렀다. 금속 마찰음 같은, 짐승 울음소
리와도 같은 소리. 정수리에 내리꽂히는, 찢어지는 듯한 비명이
었다.

똑바로 선 채 계속 소리 지르는 슈헤이를 엄마가 끌어안았다.

"괜찮아. 괜찮아."

으아아 ─────────────

　　으아아 ─────────────

"슈헤이, 괜찮아."

으아아 ─────────────

그날 밤부터 내리 사흘 동안 슈헤이는 고열에 시달렸다. 열이 떨어진 뒤에는 입을 다물어 버렸다. 웃지도, 울지도, 화를 내지도 않았고, 하루의 절반가량을 아무것도 하지 않고 방구석에 앉아 멍하니 지냈고, 대여섯 살 이후 처음으로 이불에 오줌을 쌌다.

이혼 문제는 일단 가와바타 변호사로부터 제동이 걸렸다. 가족의 지원이 있고 없고는 갱생에 결정적이라고 여겨져 판결에도 영향을 미친다고 한다. 그러니 이혼 신고는 재판이 끝난 후에 하는 게 어떻겠느냐는 것이었다. 엄마는 나와 슈헤이가 전학 간 학교에서 오토이시라는 성을 쓰는 것을 불안해했으나, 이혼 조정 중이라는 사정을 학교에 이야기하면 미리 엄마의 성을 따르게 해 준다는 조언을 듣고, 일단 이혼을 보류하기로 했다. 하지만 아빠는 뜻을 굽히지 않았다. 재판을 기다릴 새 없이 결국 8월 말에 이혼 신청서를 제출했다.

엄마도 할머니도 그 이유를 알려 주지 않았지만, 얼마 후 할아버지에게서 내막을 전해 들었다. 내 고등학교 입시 때, 오토이시라는 성을 쓰지 않게 하려는 아빠의 강한 의지 때문이라고.

"고헤이답군."

할아버지는 나직이 말했다.

……아빠다운 게 뭔데? 나와 슈헤이와 엄마에게 더는 폐를 끼치

지 않겠다고? 그건 핑계일 뿐이다. 아빠는 다만 더 이상 짐을 짊어지고 싶지 않았을 뿐이다.

자기 때문에 상처받고, 생계도 꾸려 가지 못하는 우리를 보고 싶지 않았을 뿐이다. 우리를 만나 주지 않는 것도 그렇다. 볼 면목이 없다고? 왜? 왜! 매달려, 옆에 있어 달라고 울면서 매달리라고.

아빠는 비겁하다.

9월, 나는 '무로이 료헤이'가 되어 다른 중학교로 전학했다. 슈헤이는 새 학기가 돼도 집 안에만 틀어박혀 있었고, 여전히 말을 하지 않았다. 할아버지는 더는 두고 볼 수 없었던지 뜬금없이 강아지 한 마리를 데려왔다. 털이 짧은 갈색 강아지였다. 강아지는 짧은 꼬리를 힘차게 흔들면서 슈헤이 주위를 돌아다니고, 옷을 물고 당기기도 하고, 캥캥 짖고, 마구 얼굴을 핥아 댔다. 강아지나 고양이를 키워 본 적 없는 슈헤이는 처음에는 얼음처럼 굳어 있더니 금세 친해졌다.

"그렇지! 이름을 지어 줘야지. 슈헤이, 뭐라고 지을까?

할아버지의 물음에 슈헤이는 얼굴을 들고 "페로."라고 대답했다. 얼굴을 할짝할짝 핥는다고 페로('할짝할짝 (핥다)'이라는 뜻의 일본어 '페로페로'의 발음에서 따온 이름_옮긴이)라니, 슈헤이답다. 오랜만에 듣는 슈헤이의 목소리였다.

그 후 슈헤이는 아침저녁으로 할아버지와 함께 페로를 산책시키고, 밥을 주고, 빗질해 주고, 공놀이도 해 주었다. 그러면서 슈헤이는 다시 자연스럽게 말을 하고, 웃고, 이전처럼 할머니 심부름을 하게 됐다.

하지만 아직 학교에는 한 번도 가지 않았다.

교실에 들어가자 여자애들 몇몇이 맨 뒷자리를 둘러싸고, 다시 그 주위를 남자애들 몇 명이 에워싸듯 서 있었다. 자기 자리에서 교재를 펴 놓고 앉은 애들도 드문드문 있었지만, 그 애들조차 왠지 애들이 둘러싼 쪽을 흘끔흘끔 보면서 상황을 살폈다.

내 자리는 그 옆이다. 도저히 그 사이를 비집고 끼어들 엄두가 나지 않았다. 하는 수 없이 교실 뒤 사물함에 기대고 있는데, 빙 둘러진 원 안에서 덜컹 의자 소리가 울렸다. 곧 갈래머리를 한 여자애가 복도로 뛰쳐나갔다.

"마이!"

누군가 이름을 부르긴 했지만 아무도 뒤쫓아 가지 않았고, 서로 의미심장하게 얼굴을 마주 볼 뿐이었다.

"역무원한테 붙잡혔다는 사람, 도다카네 오빠 맞지? 우리 형이 중학교 때 관악부였거든. 그때 선배였대, 도다카네 오빠. 그러니까 잘못 봤을 리 없다던데."

뒤에서 살피던 통통한 남자애가 나직이 말하자 원 한가운데 있던 짧은 커트 머리 여자애가 앞머리에 손을 얹었다.

"그래도, 성추행한 건 마이의 오빠야. 마이랑은 상관없어. 우리 친구니까 다 같이 격려해 주자."

"그래."

"응, 나도 마이를 응원할래."

무슨 일인지 모르지만, 여자애들은 몹시 흥분해서 서로 마주 보며 고개를 끄덕였다.

"남자들! 마이한테 이상한 말 하면 안 돼, 알았지?"

"그럼! 너희도 알아들었지?"

통통한 남자애가 고개를 끄덕이자 옆에 있던 여우 같은 얼굴의 남자애가 고개를 갸우뚱했다.

"근데 여러 가지로 좀 위험하지 않아?"

"뭐가?"

짧은 커트 머리 여자애가 되묻자 여우 얼굴 남자애는 어깨를 으쓱해 보였다.

"그래도 오빠잖아. 역시 위험하지 않아?"

"아무래도 그렇지, 응……."

여자애들이 얼굴을 마주 보고 소곤거렸다.

"비켜."

내 말에 통통한 남자애가 허둥지둥 물러나고, 여우 얼굴 남자애는 "뭐냐." 하며 나를 노려봤다.

"여기, 내 자리거든."

거칠게 의자를 빼고 앉자 여우 얼굴 남자애는 무엇이 못마땅한지 혀를 차고 멀어져 갔다.

'그래도, 성추행한 건 마이의 오빠야. 마이랑은 상관없어. 우리 친구니까 다 같이 격려해 주자.'

'그래도 오빠잖아. 역시 위험하지 않아?'

모두 걱정하는 척일 뿐이다. 진심으로 걱정한다면 사람들 앞에서 폭로하듯 말하지 않을 거다. 아무리 형제라도 저마다 다른 인격을 가지고 있기 때문에 완전히 다른 사람인 거다.

나도…….

나는 아빠의 아들이다. 사람을 죽인 사람이 나의 아버지다. 가방만 덩그러니 놓인 옆자리가 눈에 들어왔다.

점심시간이면 삼삼오오 책상을 붙여 몇 개의 섬을 만들고, 함께 급식을 먹는다. 나는 그 섬 어디에도 끼지 않았다. 막 전학 왔을 때는 말을 걸어오는 애들도 몇몇 있었지만 싹 다 무시해 버렸다. 그렇게 일주일도 지나지 않아 나에게 다가오는 애들이 말끔히 사라졌다.

혼자 재빨리 급식을 먹어 치우고, 도서실에 가서 남은 점심시간을 보내곤 했다. 도서실에는 긴 책상이 세 줄로 나란히 늘어선 자습 공간이 있고, 안쪽 독서 공간에는 소파가 놓여 있다. 그 소파가 나의 낮잠 자리다.

도서실 문을 열자 도서 위원으로 보이는 학생이 둘 있었다. 둘 다 교복 가슴에 달린 학년 표식이 초록색인 걸로 보아 2학년이다. 내가 안으로 들어가자 그 둘은 카운터 너머에서 까딱 고개 숙여 인사하고는 독서 카드를 정리하기 시작했다.

적당히 손에 잡히는 책 한 권을 뽑아 들고 소파 자리로 가자, 이미 앉아 있는 누군가가 보였다. 그 애는 팔걸이에 기대듯이 얼굴을 묻고 있었다. 점심시간에 도서실은 언제나 텅 비어 있었고, 어쩌다 자습 공간에 사람이 있던 적은 있지만 여기에 누군가 있는 건 처음이다. 어떡하지 하고 망설이는데 소파에 앉은 애가 얼굴을 들었다.

"무로이?"

아까 교실을 뛰쳐나갔던 애다.

"내 옆자리의……."

"도다카야."

도다카는 몸을 곧추세우고 치마를 훑어 매무새를 만졌다.

"무슨 일인데?"

"아, 그게. 거기, 내 자린데."

도다카는 흠칫 놀라 일어나서 소파를 확인하고 도로 앉았다.

"이름도 안 쓰여 있는데."

"쓰여 있는 건 아니고, 그냥 내가 정한 거야."

"그게 무슨 소리야?"

그렇게 말하면서 도다카는 어깨를 으쓱해 보였다. 어쩐지 교실
에서 뛰쳐나갔을 때와는 이미지가 다르다. 아까는 훨씬 약한 느낌
이었는데.

"앉아."

도다카는 소파 왼쪽 끝으로 옮겨 앉더니 빈자리를 툭툭 건드
렸다.

"고맙다."

나는 오른쪽 끝에 앉아서 들고 있던 책을 펼쳤다.

"책 읽으러 온 거구나."

"도서실이니까."

"하긴 당연하지. 뭐 읽는데?"

느닷없이 도다카가 내 손 쪽을 들여다보는 바람에 반사적으로

책을 덮었다.

"멋대로 보지 마."

"어때서, 닳는 것도 아닌데."

"누가 닳는데? 남이 읽는 책을 본다는 건 그 사람의 내면을 들여다보는 거랑 같은 거라고."

내 말에 도다카는 쿡쿡 웃었다.

"무로이, 너 꽤 섬세한 면이 있구나?"

뭐라는 소리인가 생각하다가 문득 들고 있던 책을 확인하고는 화들짝 놀랐다. 《마법 한 스푼 집 카페》라니, 하필 왜 이딴 책을……

"이, 이건, 그게 아니라."

"농담이야. 손에 닿는 대로 아무거나 뽑아 온 거지?"

"……"

대답하지 못하고 있는데, 도다카의 눈꺼풀이 스르르 내려갔다.

"여기, 마음이 편해진다."

"아, 뭐, 응."

왠지 한 공간에 있는 것이 불편해서 책장을 대충 넘겨 들춰 보는 사이 수업 종이 울렸다. 소파 쪽을 보자 도다카는 책을 펼쳐 놓고 있었다.

"교실에 안 가?"

"……오늘은 안 갈래."

도다카는 얼굴을 들지 않고 대답했다.

"아, 그래."

실내화 소리를 울리며 걸어가다가 다시 도다카가 부르는 소리에 뒤를 돌아봤다. 도다카가 나를 빤히 보고 있었다.

"왜?"

"무로이, 너 좀 특이하다."

내가 얼굴을 찡그리자 도다카는 웃었다. 울 것 같은 표정으로.

"내일은 땡땡이치지 마라. 나 간다."

책을 제자리에 꽂아 두고 도서실을 나왔다.

도다카는 다음 날도, 그 다음 날도 교실에 나타나지 않았다. 도서실에 있나 싶어 쉬는 시간에 가 봤지만 거기에도 없었다. 나와 도다카는 친구 사이도 아니다. 도서실에서 딱 한 번, 이야기 몇 마디 나눴을 뿐이다. 일일이 신경 쓸 만한 관계도 아니다. 생각은 그렇게 하면서도 걱정이 되는 건, 도다카의 마음을 알 것 같았기 때문이다.

아빠와 오빠. 살인자와 성추행범. 관계도 입장도 범죄 내용도 다르다. 하지만 나도 도다카도 가해자 가족이다.

도다카의 결석이 일주일째 이어졌다. 그 사이에 도다카를 두고 못된 장난이 몇 건 있었다. 책상은 유성 펜으로 큼직하게 쓴 '변태', '음란' 따위의 낙서로 뒤범벅되었다. 책상 서랍 안에서 콘돔이, 사물함에서는 야한 잡지가 발견됐다. 신발장 속 실내화에는 빨간 펜으로 '성추행범'이라 쓰여 있었고, 교내 여러 군데에 '도다카 마이 오빠는 성추행범입니다'라고 쓰인 종이가 붙기도 했다. 선생님들은 그것을 발견하는 족족 조용히 처리했고, 책상도 다른 것으로 교체했다.

그런 일들을 잠자코 보고만 있었다. 누가 했는지도, 도다카가 왜 그런 비난을 받아야 하는지도 알 수 없었다. 성추행한 것은 오빠지 도다카가 아니다. 그걸 모를 리 없는데도 마치 도다카가 죄를 지은 것처럼 취급했다.

도다카의 책상과 사물함을 알고 있는 걸 보면 아마도 우리 반의 누군가가 한 짓으로 보인다. 하지만 누구의 소행인지는 모른다. 반 아이들 모두 그저 멀찌감치 서서 그런 악행을 지켜보며 수군거릴 뿐이었다.

아빠 일이 알려진다면 나도 이런 일을 당할까. 전학 오지 않고 계속 그 학교에 다녔다면 나는 살인자라는 말을 들었을까.

집을 이사하는 것도, 전학하는 것도, 엄마와 어른들이 착착 결정했다. 그래서 화도 났지만 나와 슈헤이는 보호받았던 거다. 도다카에게는 보호해 줄 누군가가 없는 건가……. 한숨을 내쉬고 비어 있는 옆자리를 보았다.

"무로이."

교실 앞문에서 담임이 얼굴을 들이밀고 까딱까딱 손짓해 부른다. 나를 부르는 건가 싶어 집게손가락을 코앞에 세우자 담임은 "교무실로." 하고는 그대로 복도로 사라졌다.

담임과 내가 주고받은 사인을 반 아이들 몇 명이 보았지만 나는 그 시선을 무시하고 자리에서 일어나 교실을 나왔다.

"실례합니다."

심호흡을 하고 교무실 미닫이문을 열었다. 커피 메이커 앞에 있는 자리에서 담임이 오른손을 들었다.

"갑자기 불러서 놀랐나?"

고개를 살짝 끄덕였다. 담임은 회전식 의자를 움직여 몸을 내 쪽으로 돌렸다.

"얼마 전에 찍은 졸업 사진 말인데, 너 안 찍었지? 너만 따로 찍어야 하니까 다음 주까지 여기 적힌 사진관에서 찍고 와."

졸업 사진 이야기인가.

"저는 사진 없어도 돼요."

"응?"

"그러니까, 저는 졸업 앨범 필요 없다고요."

아아, 하고 담임은 쓴웃음을 지었다.

"이해 못 하는 건 아니다. 하지만 기간은 짧아도 동급생인 건 변함없어. 네 사진이 없으면 다른 애들도 서운할 거야."

"그런 일은 없을 거라고 생각합니다."

"앨범을 사라고 강요하지 않겠다만 사진은 찍었으면 좋겠다. 너 혼자 사진 없이 이름만 있으면 더 번거로워지니까."

"번거로워진다고요?"

"그래. 학급 인원수와 사진에 찍힌 학생 수가 맞지 않으면 이래저래 좀 그렇거든, 요즘은."

"……네."

"그러니까 좀 부탁한다. 그럼, 이제 가도 돼."

애매하게 고개를 끄덕이고는 문쪽으로 걸어가다가 걸음을 멈췄다.

"저……."

"응?"

담임은 빨간 펜으로 머리를 긁으면서 얼굴을 들었다.

"도다카는 괜찮아요?"

"왜?"

도다카를 향한 못된 장난을 담임이 모를 리 없다. 낙서로 가득한 책상을 바꾼 것도, 교내에 붙은 벽보를 뗀 것도 선생님들이다.

"아니, 그냥요."

나직이 대답하자, 담임은 빨간 펜을 프린트 위에 굴리듯이 내려놓았다.

"뭐, 한동안은 학교에 오기 어려울 테지만 그런 일은 시간이 해결해 주기도 하니까."

그럴까? 만약 그 말이 맞다면 어느 정도? 며칠, 몇 주일, 몇 개월쯤 기다리면 되는 거지? 그 사이 도다카는 무슨 짓을 당해도, 무슨 소리를 들어도 입 닫고 숨어 있어야 하는 건가. 뭘 어떻게 해야 벗어날 수 있는 건가.

"무로이."

내 이름을 부르는 소리에 화들짝 놀랐다.

"괜찮아?"

"죄송합니다. 가 보겠습니다."

그렇게 말하고 돌아섰다.

도다카가 학교에 나온 건 그로부터 3주 후, 12월에 접어들어서였다. 도다카가 교실에 들어오자마자 웅성거림과 함께 시선이 쏠렸다. 도다카는 아무 말 없이 자리에 앉았고, 여자애들 몇 명이 묘하게 흥분한 기색으로 "마이." 하고 이름을 부르며 도다카 주위에 모여들었다.

통로를 사이에 둔 내 자리까지 밀려들 기세에 엉겁결에 엉덩이를 들었다가, 도다카가 마음에 걸려 도로 자리에 앉아서 책을 폈다.

"어떻게 된 거야?"

"걱정했잖아."

"문자 보내도 답장도 않고."

"오빠 일이니까 신경 쓰지 말랬잖아."

"그래도……. 어떻게 신경을 안 쓰겠어."

"그럼 안 되지. 마이하고는 상관없는 일이야. 안 그래?"

"맞아. 나도 그렇게 생각해."

도다카를 둘러싸고 가벼운 말들이 쉴 새 없이 흘러나왔다.

"미안해, 걱정 끼쳐서."

꺼질 듯한 도다카의 목소리에 여자애들은 점점 더 흥분한 듯이 지껄여 댔다.

"엄마가 몸져누우셨다며? 이제 괜찮아?"

"알바 안 나온다고 우리 엄마가 걱정하던데."

"우리 언니, 마이네 오빠랑 초등학교 때 같은 반이었대. 근데 그런 짓을 할 애는 아니었댔어. 억울하게 누명 쓴 거 아니냐고 그러던데."

"진짜?"

"누명이라니, 무서워."

"근데 성추행은 안 했다고 입증하기 진짜 힘들대."

"나도 그런 말 들은 적 있어! 사실은 무죄인데 경찰이 끈질기게 몰아붙이면 결국에, 했습니다, 그렇게 말해 버린대."

"어머, 심하다."

뭐 하는 거냐…….

"역시."

꺄하하하, 웃음소리가 오른다.

뭐 하는 거냐고, 너희…….

보던 책을 탁 하고 책상에 내던지자 내 옆에 서 있던 여자애가 움찔 놀랐다.

"시끄럽거든."

순간 교실 안이 잠잠해졌다. 창가 자리에서 "멋져." 하고 웃음 섞인 남자애의 목소리가 들렸다.

"무로이! 멋지다, 야."

"휘익휘익."

야유 섞인 휘파람 소리에 이어 와르르 웃음이 일었다.

웃지 마라…….

주먹을 꽉 쥔 채 벌떡 일어나자 의자와 책상이 요란하게 울렸다. 둥글게 서 있는 여자애들 사이로 도다카의 얼굴이 보였다. 눈이 마주쳤다. 잠깐 그 눈동자가 부드럽게 움직였다.

나는 그대로 복도로 나갔다.

"조회 시작한다."

맞은편에서 걸어오는 담임이 손에 든 프린트를 머리 위로 들고 흔들어 댔다.

"보건실 다녀올게요."

그렇게 말하고 나는 담임 옆을 지나 그대로 1층까지 내려갔다. 그리고는 보건실이 아닌 구름다리를 건너 서쪽 교사로 향했다. 서쪽 건물 1층에는 자료실과 컴퓨터실, 2층은 시청각실과 창고, 3층은 도서실이기 때문에 언제나 조용하다. 동쪽 건물보다 낡고 오래된 탓인지, 사람의 출입이 적기 때문인지 어딘가 썰렁하고 퀴퀴한 냄새가 난다.

어둑한 계단을 올라가 도서실 문을 열자 카운터 안쪽에서 사서 선생님이 얼굴을 들었다. 사서 선생님은 설핏 벽시계를 보았지만 딱히 뭘 묻지도 않고 엷게 미소만 지었다. 나는 가볍게 고개 숙여 인사하고 안으로 들어가 소파에 드러누웠다.

눈을 감자 타닥타닥 컴퓨터 자판 두드리는 소리가 조용히 귓가에 와 닿는다. 1교시 시작종이 울린다. 운동장에서 들려오는 떠들썩한 소리와 호루라기 소리에 컴퓨터 소리가 지워진다.

얼굴에 팔을 올려놓았다. 여기에 전학 왔을 때, 나는 교실 안에서는 되도록 존재감 없이 지내기로 했다. 누군가와 친해지지도, 무리 지어 몰려다니지도 말자. 남의 감정을 건드리지도 말고, 내 감정에도 흔들리지 말자. 졸업한 뒤에도 나에 대해서 생각나지 않도록. 기억에 없도록. 그런 애가 있었던가, 하고 고개를 갸웃거릴 정도의 존재로 지내기로 했다.

다시는 누군가를 배신하거나 상처 주고 싶지 않았다. 그런데 도저히 가만히 있을 수 없었다. 보이지 않는 척도, 들리지 않는 척도 할 수 없었다.

도다카와 나는 다르다. 다르지만 도다카는 또 다른 나다.

"역시나, 여기 있었네."

머리 위에서 들리는 목소리에 놀라 얼굴에 올려둔 팔을 내렸다. 도다카의 얼굴이 보였다.

"뭐냐."

"나 보건 위원이거든."

"……."

"선생님이 너 보건실에 갔대서 상태가 어떤가 보러 왔지."

그렇게 말하고 도다카는 몸을 구부렸다. 얼굴이 너무 가깝다.

"여기 도서실이야."

퉁명스럽게 말하면서 몸을 일으키자 도다카는 "나, 감 좋지?" 하고 어깨를 으쓱했다.

"무로이."

"왜."

얼굴을 들자 도다카가 나를 보고 있다. 도다카는 무슨 말을 하려는 듯 입을 열었다가 스윽 시선을 피하고는 입술을 깨물었다.

"나 교실로 간다."

하기 어려운 말은 안 해도 된다. 문쪽으로 걸음을 떼는데 도다카가 내 교복 자락을 잡아당겼다.

"아까는 고마웠어."

"……고맙긴."

돌아보지 않은 채 대꾸하자 이번에는 도다카가 홱 돌아 내 앞으로 와서 섰다.

"무로이 네가 그렇게 말해 주지 않았다면 난 도망쳤을 거야. 학교에서도, 오빠한테서도, 지금 일어나는 일에서도 다."

"……안 돼?"

"어?"

"도망치면 왜 안 돼?"

"모르겠어. 그렇지만 도망치면 계속 쫓길 거 아니야."

"쫓기다니?"

도다카는 고개를 한 번 끄덕였다.

"아무도 모르는 곳으로 도망쳐 봐야 오빠 일을 들키지 않을 수 있을까? 혹 아는 사람이라도 만나지 않을까 하면서 늘 쭈뼛거리겠지. 그리고……."

거기까지 말하고 도다카는 입을 다물었다. 그리고는 잠시 사서 선생님이 반납 선반에 있는 책을 안은 채 책장 앞에서 발돋움하기도, 웅크려 앉기도 하는 모습을 보다가 말을 이었다.

"우리 오빠는."

도다카는 떨리는 목소리로 쥐어짜듯 말했다.

"절대로 그런 짓 안 했대. 안 했다고, 오빠가 말했어. 그래서 난 우리 오빠를 믿어."

"……."

가와바타 변호사를 처음 찾아갔을 때, 나도 도다카와 같은 말을 했다. 스스로를 안심시키기 위해서라거나 그렇게 믿고 싶어서가 아니었다. 정말로 그렇게 생각했다, 믿었다. 아빠를 믿고 싶었던 거다.

'절대라는 건 없는 법이야.'

가와바타 변호사는 내게 그렇게 말했다. 하지만 도다카에게 그렇게 말할 수는 없다. 비록 도다카 오빠가 죄를 지었다고 해도 도다카에게는 같은 집에 살면서 같은 것을 먹고, 자고, 웃고, 화내고, 울었던, 태어나서 십수 년을 함께 살아온 오빠다. 그 오빠의 말을 믿는 건 당연하다.

나도 그때 아빠가 아니라고 했다면 아빠가 금방 돌아올 거라고 했다면, 가와바타 변호사가 무슨 말을 하든 어떤 증거를 들이대든 아빠를 믿으려고 했을 거다.

하지만 아빠는 그런 말을 하지 않았다.

믿는다, 믿고 싶다, 그래서 도망칠 수 없다. 도다카는 막무가내로 매달리고 있을 뿐인지도 모른다. 하지만 그건 너무 괴로운 일이 아닐까.

"무로이."

도다카가 부르는 소리에 화들짝 놀랐다.

"아, 미안."

"아냐. 내가 미안하지. 무거운 이야기잖아."

"괜찮아. 근데……, 왜 나한테?"

"저번에 여기서 만났을 때, 넌 아무것도 묻지 않았으니까."

"응?"

무슨 말인지 모르겠다.

"다들 날 걱정해 주는 척하는데, 익명 게시판은 난리였어. 안 봤어?"

"난 그런 거 안 봐."

"그렇구나. 휴대폰 없어?"

"……."

휴대폰은 옷장 속에 던져둔 채다. 여름부터 전원도 계속 꺼 둔 상태다.

"글이 무서울 정도로 올라왔어. 내 얘기인데 내가 모르는 내용 뿐이고. 애들은 그런 게 재미있나 보더라. 하긴 그런 마음도 조금은 알 것 같지만."

"알 것 같다고?"

"응." 하고 도다카는 앞머리를 만지작거렸다.

"재미있고 흥미진진하거든. 비현실적인 타인의 불행이. 그런 걸 두고, 강 건너 불구경한다고 하는 건가."

"……."

"너한테는 그런 걸 못 느꼈어. 그래서 그런가, 너한테만 터놓을 수 있는 게."

"나 그렇게 착한 놈 아닌데."

나는 단지 그 강 건너 불이 난 쪽에 있는 사람일 뿐이다.

1교시 끝나는 종소리를 듣고 도다카와 함께 교실로 돌아왔다. 한 줄로 나란한 책상들 속에서 내 책상과 도다카 책상만 딱 붙여 두었다.

유치하네, 정말. 속으로 욕설을 퍼부으면서 책상을 제자리로 옮겼다. 옆에서 조금 굳어진 얼굴로 자리에 앉은 도다카가 들릴 듯 말 듯 비명을 삼켰다. 그러고는 빨개진 얼굴로 두 손을 책상 속에 밀어 넣었다.

"왜 그래?"

"아무것도 아니야."

도다카는 고개를 가로저었다. 끈적한 시선이 느껴져 고개를 드니 교실 여기저기서 히죽거리고 있다. 남자애도, 여자애도. 그중에는 아침에 도다카를 둘러싸고 있던 여자애도 몇 명 있었다.

도다카의 어깨가 떨렸다. 손은 여전히 책상 속에 집어넣은 채였다.

"도다카."

내가 부르자 도다카는 움찔 어깨를 흔들고는 책상 속의 것을 배에 꽉 누르듯 숨겨 일어났다.

"야."

엉겁결에 도다카의 팔을 잡았다. 애써 숨기던 것이 발밑으로 툭 떨어졌다. 노트였다. 물빛 노트 표지에 알몸의 여자와 남자가 뒤엉켜 있는 그림이 그려져 있었다. 내가 그것을 주워 든 것과 동시에 도다카는 교실 밖으로 뛰어나갔다.

"누구냐, 이딴 걸 그린 게."

감정을 억누르고 말하자 창가 자리에서 소리 죽인 웃음소리가 터져 나왔다.

"뭐 그런 거 갖고 진지 떨고 그러냐?"

검은 테 안경을 쓴 남자애였다. 그 옆에서 통통한 녀석과 여우 얼굴이 턱을 치켜든 채 이쪽을 보고 있었다.

"어쩔 건데."

"착한 척 좀 하지 말지?"

여우 얼굴이 눈을 가늘게 뜨자, 안경잡이가 히죽 웃었다.

"아아, 그래, 알았다. 무로이 너, 걔랑 벌써 했구나."

"뭣?"

이 자식이 지금 무슨 소리를 하는 거야.

"무로이, 제법인데?"

옆에 있던 둘이 눈을 마주 보고 이죽이죽 웃기 시작했다.

"맞아, 걘 척척 대 주잖아."

"무슨 말이야?"

그만 해. 적당히 좀 해. 여기저기서 여자애들 목소리가 났다.

"아, 그 야한 사진, 역시 도다카였어."

안경잡이가 득의양양하게 말하자 여자애들 몇 명도 서로 얼굴을 마주 보고 고개를 끄덕인다.

"다들 알잖아. 게시판에 이미지도 첨부돼 있으니까."

게시판이란 게, 도다카가 말한 그 익명 게시판인가?

"그거 도다카 맞아. 전화번호도 있고, 원조 교제 모집한다고 나왔잖아, 그렇지?"

이 자식 완전 미친놈이잖아.

"너 돌대가리지?"

내가 쏘아붙이자 이죽거리던 얼굴이 굳어졌다.

"학급 익명 게시판에 자기 사진을 붙이는 멍청이가 어디 있어? 너 바보냐?"

"그럼 보여 주지. 내 목을 걸고 말하는데 이 사진은……."

"그까짓 합성쯤, 얼마든지 가능해."

맞아, 응, 말도 안 돼…….

교실 여기저기서 고개를 끄덕이거나 소곤소곤한다. 안경잡이는 눈에 보이게 당황하는 눈치다.

"이제 이런 건." 하고 노트를 반으로 접어 구겨 버리자 녀석이 턱을 들었다.

"오빠가 그러면 쟤도 똑같겠지. 틀림없어."

몸속이 확 달아올랐다.

"적당히 해라."

"성추행범은 변태야, 위험하다고."

"너 이 새끼, 진짜."

"걘 성추행범이랑 같은 피가 흐른다니까!"

툭, 몸속 깊은 곳에서 뭔가가 끊어졌다.

그 뒤로 내가 뭘 했는지, 어떻게 됐는지, 정확히는 기억나지 않는다. 의자며 책상이 넘어지는 소리가 났고, 비명이 들렸고, 나는 녀석의 셔츠를 움켜쥐고 바닥에 밀어뜨린 뒤 마구잡이로 주먹을 휘둘렀다.

누군가 끼어들어 말리긴 했을까? 뭐라고 소리 지르면서 두 팔로 얼굴을 막는 녀석에게 마구 주먹질을 해 댔다. 코피인지 입술이 터진 건지 미끈한 것이 녀석의 얼굴로 번졌고, 그것이 물보라 치듯 바닥으로 튀었다. 담임과 체육 선생님이 뒤에서 내 겨드랑이 밑에 손을 넣고 나를 꼼짝 못하게 했다. 안경잡이 녀석은 교실 바닥에 축 늘어졌고, 내 오른손은 새빨갰다.

사물함 구석에 구부러진 안경이 나뒹구는 것을 보고, 저 안경은 비쌀까, 변상해야 하나, 그런 생각을 했다.

두 선생님에게 끌려가듯 상담실이라는 팻말이 붙은 곳으로 갔다. 담임과 나중에 온 체격 좋은 생활지도 주임 사이에 놓인 의자에 앉아 있는데 이내 학생 주임도 왔다.

선생님들은 몇 번이나 무슨 일이 있었는지 추궁했지만 대답할 수 없었다. 물끄러미 손에 달라붙은 핏자국을 바라보고 있자 학생 주임은 답답해 죽겠다는 듯이 계속 의자에서 일어났다 앉았다 했고, 담임은 "왜 때린 거냐?", "말을 안 하면 모르잖아." 하며 채근했고, 생활지도 주임은 팔짱을 낀 채로 말없이 내 옆에 앉아만 있었다.

얼마 후 노크 소리와 함께 하얀 가운 차림의 보건 선생님이 들어오더니 내 앞에 웅크리고 앉았다.

"무로이, 손 씻으러 가자. 다친 데도 치료하고."

시선을 떨어뜨린 채 가만히 있자 가느다란 손가락이 내 손을 잡았다.

"그럼 저도."

담임이 일어나자 보건 선생님은 "안 오셔도 돼요."라고 말하고 내 손을 잡아끌었다.

"그래도."

"선생님, 보건 선생님께 맡기죠."

생활지도 주임은 그렇게 말하고 내 등을 살짝 밀었다.

"이야기는 치료 끝나거든 하자. 선생님, 잘 부탁합니다."

"네. 가자."

보건 선생님은 내 손을 잡고 복도로 나갔다.

보건실에 가서 손을 씻었다. 스테인리스 세면대에 핏물이 번졌다. 세면대로 흐르는 물은 금세 투명해졌지만 아무리 문질러도 여전히 손등에 핏자국이 들러붙어 있는 것 같아서 몇 번이나 비누칠을 해 가며 벅벅 문질렀다.

"그만 됐어. 손 붇겠다."

어느새 옆에 와 있던 보건 선생님은 수도꼭지를 비틀어 잠그고 하얀 수건을 내 손에 올려놓았다.

"이에 찍혔나 보네. 여기 살이 좀 패였어, 소독하자."

그렇게 말하고 내 오른쪽 손등에 눈길을 보냈다. 나는 시키는 대로 둥근 의자에 앉아 오른손을 내밀었다.

"구세는 입속이 찢어지는 바람에 피는 많이 났어도 이나 코뼈는 부러지지 않았어. 얼굴 부기가 가라앉으려면 한참 걸리겠지만."

구세, 그 자식 이름이 구세구나……. 그제야 이름을 알았다.

"너도 꽤 많이 부었어."

보건 선생님은 상처에 거즈를 대고 그 위에 얼음 주머니를 올려주었다. 듣고 보니 가운뎃손가락 관절 부위가 뜨겁고 조금 욱신거렸다.

"괜찮아요."

나는 얼음 주머니를 돌려주었다. 보건 선생님은 순순히 받아 들고 "그럼 돌아가자."라면서 일어났다.

상담실 안에서 막 나오던 우리 반 여자애 둘과 마주쳤다. 둘은 내 얼굴을 보고 살짝 놀란 얼굴이더니 이내 살짝 고개를 끄덕이고는 복도로 걸어갔다.

"다녀왔습니다."

보건 선생님이 문을 열자 담임이 일어나서 내게로 왔다.

"고맙습니다."

보건 선생님이 가볍게 고개를 숙이고, 내 등을 한 번 어루만지고는 방을 나갔다.

"거기 앉아."

생활지도 주임이 맞은편 자리를 가리켰다. 잠자코 앉자 주임은 상반신을 쑥 기울이고는 책상 위에 두 팔을 짚었다.

"왜 때린 거냐?"

다시 같은 질문이었다. 상처를 감싼 거즈 위를 손가락으로 꾹 눌렀다. 찌르르, 예리한 통증에 욱신욱신 쑤시는 듯한 통증이 더해졌다.

"무로이, 대답해."

담임은 생활지도 주임을 흘끔흘끔 보면서 내 옆으로 왔다.

"선생님들은 너를 혼내려는 게 아니야. 물론 폭력은 절대 안 돼. 그 어떤 이유로든 폭력은 인정할 수 없다."

"……."

생활지도 주임은 나직한 목소리를 길게 끌면서 파이프 의자에 등을 기대고, 두 손을 머리 뒤로 깍지 꼈다.

"말하지 않겠다는 거냐."

"고다 선생님."

담임은 나와 생활지도 주임을 번갈아 보면서 초조한 듯이 계속서 있었다.

"뭐 예상은 했다만. 자초지종은 대강 들었다. 여기 앞에서 마주쳤지? 애들 몇 명이 자청해서 이야기하러 왔었다."

엉겁결에 얼굴을 들었다가 생활지도 주임과 눈이 마주쳤다. 그는 깍지 낀 손을 책상 위로 내려놓았다.

"네가 한 짓은, 결코 옳다고 할 수는 없다."

그건 알고 있다.

"구세도 할 말이 있겠지. 그래서 너한테도 이야기를 들어 보려는 거다."

"저는……."

"그래."

"그냥 열 받아서……."

"그랬구나."

"그랬구나라뇨, 고다 선생님!"

담임은 한숨을 내쉬고 내 옆에 앉았다.

"무로이, 일단 구세에게 사과하자. 구세도 잘못했다고 생각한다. 하지만 결코 폭력은 안 돼. 다쳤으니, 그건 분명하게 사과해야만 한다."

폭력⋯⋯. 그럼 구세가 한 짓은, 지껄인 말은 뭐란 말인가.

"알겠지?"

"⋯⋯."

"무로이, 대답해 봐."

"모르겠습니다."

"모르겠다니."

담임이 일어나려고 하자, 생활지도 주임이 크게 숨을 쉬었다.

"그렇다면 어쩔 수 없지."

"고다 선생님!"

"본인이 모르겠다는데 어찌합니까. 억지로 사과하게 할 수도 없
는 노릇이고, 말로만 사과한들 무슨 의미가 있겠어요. 아, 이걸로
끝이란 건 아니에요. 하지만 지금 당장 대답하기 어려운 것도 있을
테니까요."

"그건."

웅얼거리는 담임을 힐끗 보고 생활지도 주임은 턱을 문질렀다.

"무로이, 집에서 곧 오실 테니까 오늘은 돌아가라."

"저어, 도다카는⋯⋯?"

"부모님한테 연락 왔는데, 집으로 갔나 보더라."

"⋯⋯."

그렇구나. 다행이다, 정말로⋯⋯.

그때 상담실 문을 두드리는 기척이 들렸다.

"네."

문이 열리고 젊은 선생님이 얼굴을 들이밀었다.

"무로이 가족분이 오셨습니다."

생활지도 주임은 "네." 하고 대답하며 일어나서 나를 보았다.

"내일 등교하면 보건실로 가도록. 알겠지?"

그러겠다고 대답하자 생활지도 주임은 "좋아." 하고 고개를 몇 번 끄덕였다.

학교에 온 건 할아버지였다. 할아버지는 선생님들에게 거듭 고개 숙여 인사하고는, 내 등에 손을 얹고 교문을 나왔다. 아무 말 없이 천천히 학교 외벽을 따라 걸어가던 할아버지는 모퉁이를 돌자마자 문득 얼굴을 들었다.

"냄새 좋구나."

"저기 조리실이거든요."

"급식?"

"네."

할아버지는 "으응." 하면서 고개를 끄덕이고는 코트 주머니에 손을 넣었다. 어린이집의 아이들인지, 어린아이들이 두 줄로 나란히 걸어왔다. 그 줄을 흐트러뜨리지 않도록 내가 할아버지 뒤로 비켜 주었는데, 맨 앞에서 걸어오던 보육사인 듯한 여자가 웃는 얼굴로 가볍게 인사를 하고 지나갔고, 아이들은 손을 잡고 노래 부르면서 지나갔다.

나는 그대로 할아버지 등을 보면서 걸었다.

왜 아무 말도 않는 거지?

학교에서 전화했으니 내가 무슨 짓을 했는지 다 들었을 것이다.

"저······."

"응?"

할아버지가 돌아보았다. 나는 거리를 조금 좁혔다.

"죄송해요, 귀찮게 해서."

"귀찮지는 않아."

"······."

"걱정은 했다만."

"죄송해요."

할아버지는 걸음을 멈추고 내 오른손을 잡았다. 작게 신음하며 얼굴을 찡그리는 내 모습에 할아버지가 씁쓸히 웃었다.

"제법 부었구나. 아프지?"

"별로 안 아파요."

시선을 떨어뜨리자 할아버지는 내 손등에 손을 올려놓았다.

"아프지? 남을 때리면 때린 사람도 아픈 법이야. 아프지 않을 수는 없지."

"……."

"사람에게 상처 준다는 게 그런 거야."

내가 손을 빼자 할아버지는 천천히 걷기 시작했다.

나는 그 자식을 때려눕히겠다는 생각뿐이었다. 그만두라는 말도, 살려 달라는 외침도, 아무 소리도 들리지 않았다. 그저 분노에 사로잡혔을 뿐이다. 열 받으면 화를 억누를 수가 없다.

나 자신을 억제할 수가 없다. 지난여름, 축제 때도 그랬다. 그때의 미카 얼굴은 지금도 뇌리에 선명하다.

"아빠도, 아팠겠다."

엉겁결에 입 밖으로 나온 말에 나 자신도 움찔 놀랐다.

"그랬겠지. 응."

할아버지는 더는 말하지 않았다.

집에 도착하자 슈헤이가 뛰어나왔다.

"슈헤이, 왜 그래. 설마 걱정했던 거냐? 할아버지가 괜찮다고 했잖아."

슈헤이는 할아버지의 말에는 아무런 대꾸도 하지 않고, 금방이라도 울음을 터뜨릴 것 같은 얼굴로 나를 올려다보았다. 아무리 괜찮다고 해도 슈헤이에게는 자신을 속이려는 말처럼 들릴 것이다.

벌써 몇 번이나 괜찮다는 말을 들었고, 그때마다 배반당해 왔으
니까.

"미안해."

그렇게 말하고 머리 위에 손을 얹자 슈헤이는 다짜고짜 나를 확
끌어안았다. 할아버지는 내 등을 다시 한번 어루만지고는 말없이
거실로 들어갔다.

"형, 아무 데도 안 가는 거지?"

"그럼, 안 가지. 그냥 좀 싸운 것뿐이야. 너도 싸운 적 있지?"

"이와한테 필통으로 맞은 적 있어."

"진짜?"

"응. 근데 필통이 망가졌어."

"대단한 머리네."

슈헤이의 머리를 물끄러미 보았다.

"아프긴 아팠어."

"당연히 아팠겠지. 넌 그냥 맞고만 있었어?"

"응. 난 필통 부서지는 거 싫어. 그리고 있지, 이와가 미안하다고
했어. 그래서 나도 뭐 괜찮다고 했지."

슈헤이는 턱을 번쩍 들었다.

"싸우는 것보다 재미있는 게 좋아."

"……"

슈헤이는 사람을 용서할 줄 아는 아이다.

"형."

"응?"

내 얼굴을 빤히 올려다보던 슈페이가 이내 "아무것도 아냐." 하고 고개를 저었다.

"뭔데."

"……아빠가 그랬는데."

갑자기 슈헤이 입에서 나온 '아빠'라는 단어에 나는 당황스러웠다.

"미안하다고 말하려면 용기가 필요하대."

나는 애매하게 고개를 끄덕이고는 "들어가자." 하고 슈헤이의 등을 밀었다.

10시 넘어 미닫이문 너머로 기척이 들렸다. 침대에 누워 있다가 일어나자 엄마가 들어왔다.

"알바생이 갑자기 못 온다고 해서, 대신하고 오느라고. 늦게 와서 미안해."

엄마는 들고 있던 코트와 가방을 방바닥에 내려놓고, 열어 둔 커튼을 치고, 전기난로의 스위치를 켠 뒤 방바닥에 앉았다.

"다친 덴 괜찮니?"

"응. 미안해⋯⋯."

"미안하긴."

고개를 가로젓는 엄마의 표정이 부드러웠다.

"학교에 못 가서 미안하다."

"괜찮아, 할아버지가 왔잖아."

"무슨 이유가 있었던 거지?"

"⋯⋯."

"담임 선생님이 전화하셨더라. 선생님 말씀이, 반 아이들 이야기를 들어 보니까 네가 일방적으로 그랬던 건 아니더라고."

"⋯⋯."

"그래도 네 이야기도 들어 보고 싶대."

엄마는 방바닥에서 일어나 내 옆에 앉았다.

"무슨 일이 있었는지 엄마한테 이야기해 주지 않을래?"

"⋯⋯그냥."

침대에서 일어나 커튼을 열어젖혔다. 유리창에 내 얼굴이 희미하게 비친다.

"네가 무턱대고 주먹을 휘두를 애가 아니란 거, 엄마는 알아."

아니다. 그렇지 않다. 나는 그런 사람이 아니다.

"료헤이?"

"없어."

안다는 말을 그렇게 쉽게 하지 않았으면 좋겠다.

"응?"

엄마가 나에 대해 알 리가 없다.

"이유 같은 거 없다고."

"그래도."

엄마의 동요가 목소리로 전해진다.

"열 받아서……, 열이 뻗쳐서 때렸어."

"료헤이."

"난 그 자식을 죽여 버리고 싶었어. 속으로 죽으라고 소리치면서 때렸어."

"무슨 말을 하는 거야?"

엄마 목소리가 희미하게 떨렸다. 고개를 들어 엄마를 바라보았다. 엄마는 굳은 얼굴로 연신 고개를 절레절레 흔들었다.

"난 진짜……."

"그렇지 않아, 넌 그런 애가 아니야."

"엄마."

"아니라고!"

"난!"

엄마와 눈길이 마주쳤다. 입술을 꽉 깨물었다.

"……같다고. 아빠랑."

그래. 그렇다.

나는 아빠와 똑같다. 욱해서 사람에게 상처 입히고, 도망치고, 또 누군가에게 상처 입힌다. 나약한 사람이라서, 겁쟁이에 비겁한 사람이라서 자신을 지키는 일밖에 생각하지 않는다.

구세에게 화가 났던 건 도다카를 상처 줬기 때문이 아니다. 가장 듣고 싶지 않은 말, 내가 가장 두려워하는 말을 구세가 내뱉었기 때문이다.

'같은 피가 흐른다니까.'

핏줄 따위는 아무런 상관도 없다. 수없이 그렇게 생각하려고 했다. 도다카나 다른 가해자 가족이 같은 일로 고통받는다면 나는 틀림없이 상관없다고 말할 거다. 슈헤이가 만약 불안해한다면, "너는 아빠랑 달라, 너는 너야."라고 말해 줄 거다.

하지만 나에 대해서는 도무지 그렇게 생각할 수가 없다. 녀석에게 달려들 때, 내 몸의 피가 거꾸로 솟았다. 진심으로 죽여 버리겠다고 생각했다. 다만 녀석이 죽지 않았을 뿐이다.

나는 어릴 때부터 아빠와 닮았다는 말을 많이 들었다. 손톱 모양도, 곱슬곱슬한 머리카락도, 점의 위치도, 혈액형도. 아빠를 닮았다는 말을 들을 때면 기뻤다. 아빠는 게으르고 얼렁뚱땅 넘어가는 구석도 있지만 그마저도 좋았다. 아빠가 좋았다.

그런데 지금은 그게 두렵다.

아빠는 사람을 죽였다. 죽일 생각이 없었다고 해도 죽인 건 사실이다. 나에게는 아빠의 피가, 아빠와 같은 피가 흐르고 있다.

살의가 없었음에도 상대의 목숨을 빼앗은 아빠와, 살의를 가지고 마구 때렸지만 죽이지는 않았던 나, 누구의 죄가 더 무거울까?

"무슨 일인데 그렇게 큰 소리를 내고 그러냐. 슈헤이 깰라."

미닫이가 열리고 할아버지가 얼굴을 내밀었다.

"죄송해요, 그냥 좀. 이제 걱정하지 마세요."

엄마는 할아버지를 밀어내며 미닫이문을 닫았다. 그리고 다시 내 쪽으로 와 말을 이었다.

"료헤이."

"나도 이제 자고 싶어."

"아빠가 싫어졌니?"

"……."

그러는 엄마는 어떤데? 이혼까지 한 엄마가 그런 걸 물을 자격이 있나?

아무 대꾸 없이 침대 위에 누워 버리자 엄마는 "잘 자라."라는 말만 하고 방을 나갔다. 아빠가 이혼을 원했다 해도 엄마가 응하지 않았으면 헤어지지 않았을 거다.

나와 슈헤이를 위해서 헤어졌다고 말하지 마. 아빠가 싫어진 건 엄마 아냐?

손가락으로 오른쪽 손등을 꾹 눌렀다. 나직이 신음 소리를 내면서 입술을 꽉 깨물었다. 이사하고, 이혼하고, 성을 바꾸고. 그렇게 아빠와 우리를 이어 왔던 끈은 보이지 않게 됐다. 학교에서도 내가 살인 피의자의 아들이란 걸 눈치챈 애들은 없다.

가족 중 누군가가 저지른 범죄로 나머지 가족이 얼마나 궁지에 몰리는지. 도다카가 겪는 일들을 보면서 그 부조리함이 두려웠다. 그래도 잠자코 견뎌야 하는 걸까. 가해자 가족은 소중한 것, 마땅히 가지고 있던 것을 지키는 것도 허락되지 않는 것일까. 우리 집처럼 도망치든가, 도다카처럼 거기에 머물면서 괴롭힘과 비난을 감내하든가, 선택지가 둘 중 하나밖에 없단 말인가. 아니, 선택조차 할 수 없는 것일지 모른다.

나는 보호받고 있다. 엄마와 할아버지와 할머니에게. 그런데 어째서 이렇게 흔들리는 걸까. 고개를 떨군 채로 같은 곳만 빙글빙글 빙글빙글 하염없이 걷고 있는 기분이다.

'아빠가 싫어졌니?'

슈헤이라면 분명 좋아한다고 대답했을 거다. 아빠가 사람을 죽였다는 걸 아는 지금도 변함없이, 조금도 망설이지 않고. 그건 슈헤이가 어리기 때문일까? 현실을 모르기 때문일까? 잘못했다고 하면 용서받을 수 있다고 생각하기 때문에?

그렇지 않다. 슈헤이는 그냥 아빠가 그 자체로 좋은 거다. 아빠가 어떤 죄를 지었더라도 상관없겠지. 슈헤이에게는 꼭 안아 주고, 뒤에서 자전거를 잡아 주고, 싫어하는 피망을 몰래 먹어 주는 다정한 아빠인 거다.

창문이 달캉달캉 울렸다. 창문을 열자 녹나무 가지가 크게 흔들렸다. 쏴쏴, 나뭇가지가 스치는 소리가 커지는가 싶더니 안으로 바람이 들어왔다. 커튼이 크게 부풀고, 책상 위에 있던 프린트가 팔락팔락 날아올랐다.

순간 숨이 멎는 기분이었다.

어둑한 허공에 날아오른 것은 레몬색 종잇조각……. 칠석날 축제에서 미카는 종잇조각에 소원을 적었다. 지난여름 그날의 모습과 겹쳤다.

거칠게 창문을 닫고 웅크려 앉았다. 심장 박동이 몹시 빨라졌다. 호흡이 가쁘다. 떨리는 손을 꽉 쥐었다.

미카의 겁먹은 얼굴이, 다섯 달이 지난 지금도 내 안에 선명하게 새겨져 있다. 수없이 잊으려고 했지만, 지우려고 했지만, 잊히지도 지워지지도 않았다. 아물지 않은 화상 상처처럼 아직도 생생하게 욱신거린다.

축제는 할머니 집으로 이사한 다음 날인 일요일이었다.

축제에 갈 상황도, 입장도 아니다. 그 정도는 나도 알고 있었다.

집 주변을 얼쩡거리는 기자들이나 우편함에 들어 있던 협박장을 생각하면 근처에 아빠 사건을 알고 있는 사람이 있는 건 분명했고, 이미 소문이 돈다는 것도 가늠할 수 있었다. 가해자 가족이 축제 같은 데 간다는 건 비상식적인 일이다.

하지만 나카자와와 약속했다. 미카가 기대하고 있다. 그걸 망치고 싶지 않았다.

일요일 3시 무렵, 아무에게도 말하지 않고 할머니 집에서 나와 전철을 탔다. 휴일 낮의 전철은 빈자리가 보일 만큼 한산했다. 얼마 되지 않는 승객들은 모두 자리에 앉아 있었지만 나는 문 옆에 서 있었다. 맞은편 자리에서는 운동 가방을 발밑에 둔 교복 차림의 고등학생이 정신없이 졸고 있었고, 그 건너편 자리에는 슈헤이보다 두세 살 아래로 보이는 남자아이를 사이에 두고 엄마와 아빠가 앉아 있었다. 그 가족과 조금 떨어진 자리에는 중년 남녀가 쇼핑백을 들여다보면서 이야기를 나누고 있었다.

이 중에 범죄자를 가족으로 둔 사람이 있을까? 가족 중에 사람을 죽인 범죄자가 있을까? 문득 그런 생각을 하고는 쓴웃음을 지었다.

그게 뭐 어째서. 혹 그런 사람이 있다면 나는 어떻게 생각하려나. 나만 그런 게 아니다 싶어 안심이 될까? 한숨을 내쉬고 창밖으로 눈길을 돌렸다.

국철로 갈아타기 위해 환승역에서 내려 걸어가다가 무심코 휴대폰을 열었다. 부재중 전화가 와 있었다. 나카자와에게서였다. 약속 시각은 아직 두 시간 넘게 남았다. 아랫배가 사르르 아프더니 등에서 기분 나쁜 땀이 배어 나왔다.

왜 긴장하고 그래. 일일이 동요하는 나 자신에게 화가 났다. 마른 입술을 핥은 뒤 한숨을 한 번 내쉬고, 통화 버튼을 누르자 신호 두 번 만에 나카자와 목소리가 들렸다.

"오, 지금 어디?"

평소와 다름없는 나카자와의 말투에 마음이 놓였다.

"어디긴, 아직 약속 시간 멀었잖아."

"그렇긴 한데, 미리 만나서 축구라도 하자고."

"시험 전이잖아, 공부나 해."

얼떨결에 웃자 나카자와는 "하긴 그렇다." 하고는 맥없는 목소리로 물었다.

"근데, 너 지금 어디 있냐?"

"좀 전에 집에서 나왔어. 30분쯤 후에 역에 도착할 거 같은데."

"그럼, 개찰구에서 기다릴게."

"어? 응, 알았어."

휴대폰을 주머니에 집어넣고 승강장을 향해 갔다.

나카자와가 축구를 하자고 하다니 별일이다. 나카자와는 딱히 운동 신경이 나쁜 것이 아닌데도 운동을 좋아하지 않는다면서, 쉬는 시간에 대개 게임을 하거나 에리나와 수다를 떨거나 말뚝잠을 자거나 한다. 축구를 하자니, 왠지 이해가 안 된다.

시험공부 하는 게 갑갑했나? 아니 그런 타입도 아니다. 나와 나카자와는 딱히 공통점이 있지도 않고, 성격도 완전히 다르다. 녀석은 가볍고 까불거리지만, 부정을 긍정으로 바꾸는 에너지가 가득하고 남의 기분에도 민감하다. 나는 무뚝뚝하고 부정적인 데다 남에게 잘 맞추지도 못한다. 나카자와와도 마음이 썩 잘 맞는 건 아니다. 하지만 이렇게 친하게 지낼 수 있는 건 순전히 나카자와가 좋은 녀석이기 때문이라고 생각했다.

나카자와에게 아무 말도 없이 사라진다면 내가 녀석을 배신하는 게 될까. 앞으로 그 집에서 지낼 일도, 그 학교에 다닐 일도, 그 동네에 살 일도 아마 없겠지. 나카자와와도 다시는 만날 일이 없을 거고. 그렇다면 일부러 아빠 얘기를 꺼내서 서먹해질 필요는 없다.

그래도 남을 통해 아빠 사건을 알게 하는 것보다 내 입으로 직접 이야기하는 게 좋지 않을까. 하지만 오늘이 마지막이라면, 내키지 않더라도 아무 말도 하지 말고 지금까지처럼 말도 안 되는 소리나 지껄이고 웃고 떠들며 보내는 편이……. 아무래도 그러니까, 그렇다면…….

뱅글뱅글 생각이 꼬리를 물다가 결국 결론에 닿기도 전에 역에 도착했다. 개찰구로 나가 보니 나카자와는 승차권 발권기 끝에 쭈그리고 앉아 휴대폰을 만지고 있었다.

"나카자와."

"빨리 왔네."

나카자와는 알은체하며 몸을 일으켰다.

"전철이 금방 와서. 그런데 공은?"

"공?"

"아까 축구 하자며?"

"아, 아아, 응."

"안 가져온 거야?"

"응, 아니. 난 축구공 없어."

"뭐? 그럼 무슨 수로 축구를 할 건데?"

"에어사커도 있잖아."

"……."

내가 인상을 쓰자, 나카자와는 "장난이야 장난." 하고 웃으면서 걷기 시작했다.

"공이야 뭐 어딜 가나 굴러다니잖아. 참, 오랜만에 우리가 다녔던 초등학교에 가 보지 않을래? 일요일이라 운동장도 개방했을 거야. 어때?"

"너, 무슨 일 있었어?"

내가 묻자 나카자와는 걸음을 멈추고 돌아보았다.

"왜?"

"아니, 그냥……."

"그냥 묻는 게 어딨어?"

나카자와는 입술을 쭉 내밀고는 "가자." 하고 다시 걷기 시작했다. 차도에서 쉴 새 없이 울리는 자동차 타이어 소리와 오토바이 엔진 소리가 미지근한 공기를 휘저어 놓았다.

"아, 더워."

하늘을 올려다보고 눈을 가늘게 떴다.

"료헤이."

"응."

"나 어제, 너희 집 갔었는데."

나카자와는 걸음을 멈추지 않고 앞을 향해 걸어가면서 말했다.

"흐응." 하고 대꾸하자 나카나와는 "응." 하고 대답했다.

"그래서?"

"불러도 아무도 안 나오더라."

"아, 응. 아무도 없었으니까."

"그래."

"우리 집엔 왜 갔는데?"

"딱히 뭐 이유는 없었고……. 에리나가 어제 과외 공부하는 날이

었거든. 너랑 시험공부나 같이 할까 해서 그랬지. 혼자서는 공부 잘
안 되잖아."

"내가 에리나 대타냐?"

나직이 투덜거리자 나카자와는 헤헤 웃으며 어깨를 흔들고는
걸음을 멈췄다.

"이거."

나카자와가 뒷주머니에서 접힌 종잇조각을 꺼낸 것과 동시에
차도에서 요란한 경적이 울려 나는 깜짝 놀랐다.

"이게 너희 집 문에 붙어 있었어."

내가 손을 내밀자 나카자와는 잠깐 머뭇거리다가 그걸 내 손에
올려 주었다. 굳이 펼쳐 보지 않아도 알 것 같았다. 그대로 주머니
에 쑤셔 넣었다.

"료헤이."

"나 갈게."

"가다니?"

나카자와는 호기심이나 흥미거리로 나를 불러내서 이런 걸 전
해 준 게 아니다. 그건 안다. 어디까지 알고 있는지는 모르지만 나
카자와는 걱정하고 있을 뿐이다. 그래도…….

"미카한테 미안하다고 전해 줘."

그렇게 말하고 돌아서는데 나카자와가 내 팔을 붙잡았다.

"잠깐만."

"뇌."

"왜 그랬어?"

"……."

"왜 말 안 했느냐고. 그럼 내가 아무것도 모르잖아. 나를 그렇게 못 믿어?"

"……그게 아니라."

조금 전까지, 나카자와와 만나기 전까지 망설였다. 알리고 싶지 않은 마음과 말해 버리고 싶은 마음이 있었다. 두 마음이 오락가락했다. 나 자신도 내 마음을 알 수가 없었다.

"네가 말하고 싶지 않다면 더는 묻지 않을게. 하지만 말이야, 그렇다면 약속은 지켜. 축제에 가기로 했지?"

"내가 거길 어떻게 가."

"말도 안 되는 소리 마! 너희 집에 뭔가 일이 있다는 건 알아. 하지만 네가 뭘 한 것도 아니잖아."

"하지만."

"너는 너잖아."

내 팔을 잡은 나카자와의 팔에 힘이 들어갔다.

나는 작게 숨을 내쉬고 눈을 들었다.

"우리 아빠가 사람을 죽였어."

"······어."

내 팔을 잡은 나카자와의 손이 조금 느슨해졌다.

"아, 아, 그래. 그렇구나."

애써 숨기려 하는데도 동요하는 게 확실하게 느껴졌다.

"그래도······."

"무리하지 않아도 돼. 나라도 친구한테 그런 얘기를 들으면 겁도 나고, 또 멀리하고 싶을 테니까."

그렇게 말하고 나는 나카자와의 손을 뿌리치고 똑바로 보았다.

"우리 집, 어제 이사했다. 다시는 안 돌아와. 학교도 내일부터는 안 나갈 거고. 아니지, 전학 갈 거야."

"그건."

나는 주머니에 찔러 넣었던 종잇조각을 펼쳤다. 역 앞에 새로 생긴 자연식품 가게를 광고하는 전단지 뒤에 굵은 매직으로 '범죄자의 집'이라고 쓰여 있었다.

"상황이 이래."

"하, 하지만······. 아, 우리 아빠도 옛날에, 보호 지도(일본 법령에서 청소년이나 어린이가 혼자 돌아다니면 경찰이 학교로 돌려보내거나 부모에게 연락하게 되어 있다_옮긴이) 당한 적 있다고 했어."

"······그랬구나."

내가 고개를 끄덕이자 나카자와는 "응." 하고 웃었다.

보호 지도를 당한 것과는 차원이 다르다. 나카자와는 착한 녀석이다. 이 불편한 상황을 꾸역꾸역 견디고 있다. 나카자와가 억지로 참고 있다는 게 느껴졌다. 역시 축제에 갈 수 없다. 가지 않는게 좋겠다.

"그러니까……."

"가자."

내 목소리와 나카자와의 목소리가 겹쳐졌다.

"뭐?"

"앞으로 한동안 못 만날 거 아냐. 같이 가자."

"억지 부리기는."

"너도 축제에 갈 생각이 있으니까 여기 온 거 아냐?"

"미카한테 공책도 돌려줄 겸."

"좋아! 그럼 얘기 끝난 거다. 오늘은 즐기자."

내가 애매하게 고개를 갸웃거리면서 쓴웃음을 짓자 나카자와는 내 배에 가볍게 주먹을 한 방 먹였다.

6시가 되기 전, 미카와 에리나는 이미 역 앞에 와 있었다. 둘 다유카타 차림이었다.

"오, 유카타! 은근 섹시한데?"

"너, 눈빛이 좀 음흉하다."

나카자와와 에리나는 평소처럼 장난치면서 손을 잡고 걸어갔다. 나와 미카는 그 뒤에서 나란히 걸었다.

"노트, 고마웠어."

"고맙긴, 도움됐어?"

"뭐, 응."

그렇게 대꾸하면서 배낭 가방의 지퍼에 손을 댄 순간, 미카가 조
그만 주머니 같은 손가방만 달랑 들고 있다는 걸 알아차렸다.

"집에 갈 때 줄게."

"고마워."

"……고맙긴, 빌린 사람은 난데."

미카는 수줍은 듯이 미소 지으며 고개를 저었다. 그러고 보니 학
원에서 돌아오는 길에 나란히 걸을 때와는 눈높이가 살짝 다르다.

"아, 게타(밑창이 나무토막으로 된 일본식 나막신_옮긴이) 때문이네."

"어?"

"아니, 다른 때랑 시선의 위치가 달라서."

미카는 수줍은 듯이 웃으며 고개를 끄덕였다.

"게타가 익숙지 않아서 좀 걷기 어려워."

"끈이 느슨한 거 아니야?"

"끈?"

"응, 중심을 좀 앞에 두고 걸어 봐."

"아, 그렇네. 훨씬 걷기 편하다."

"그치?"

"오토이시, 게타에 대해서 잘 아는구나."

"잘 아는 건 아니고."

게타는 아빠가 많이 신었다. 어릴 때, 그런 아빠를 보고 나도 사 달라고 졸라서 자주 신었다. 처음에 닥다그르르 닥다그르르 발을 끌면서 걷는 나에게 아빠가 제대로 걷는 법을 가르쳐 줬다.

"참, 여름 방학 강습 신청했어?"

"응? 아, 학원?"

"응."

"아직."

"여름 방학 강습은 귀찮아서 듣기 싫은데, 올해는 네가 있어서 기대돼."

미카는 그렇게 말하고 뺨을 붉혔다. 내가 미카의 손을 부드럽게 잡자 미카도 내 손을 꼭 쥐었다.

신사 주위에 즐비하게 늘어선 포장마차에 사람들이 북적북적했다. 우리 넷은 먼저 참배를 마치고 주위를 한 바퀴 빙 돌았다. 나와 나카자와는 야키소바와 음료를, 미카는 딸기 빙수를, 에리나는 블루하이 빙수를 사 들고 신사 계단에 앉았다.

"이따가 소원 종이 매달러 가자."

에리나의 말에 나카자와는 "사격이 먼저지." 하고 손가락으로 권총 모양을 만들어 보였다.

"또 해? 고작 캐러멜밖에 못 맞출 거면서."

"바보야, 작년에는 곰 인형 따 줬잖아."

"그게 무슨 곰 인형이야, 손바닥보다도 작잖아. 똑같은 거 100엔 숍에서도 팔거든."

"그거랑 같냐, 이건 낭만적이잖아."

"축제 때 사격 놀이하는 게?"

"그럼, 얼마나 낭만적이야."

나카자와가 힘주어 말했고, 에리나는 어깨를 으쓱해 보이며 완전히 녹아 버린 빙수를 빨대로 휘저었다.

"그럼, 우리 금붕어 뜨기 하자."

미카가 분위기를 눈치채고 끼어들자 에리나는 빨대를 입에 문 채로 눈을 크게 뜨고 미카를 보았다.

"어차피 금방 죽잖아. 금붕어든 곤충이든 난 죽이는 거 싫더라."

나도 모르게 움찔했다. 하지만 나보다 나카자와가 더 예민하게 반응했다.

"그런 말 쓰지 마."

"그런 말?"

"방금 한 말."

"뭘 그렇게 발끈하고 그러냐."

"누가 발끈했다고 그래."

"발끈했잖아. 내가 뭐 이상한 말 했어?"

"했잖아. 죽는다, 죽인다, 그런 말!"

그렇게 말하고 나카자와는 입술을 깨물었다. 서로 토라진 에리나와 나카자와 옆에서 미카는 엉거주춤 엉덩이를 들고 어쩔 줄을 몰라 했다.

나는 한숨을 푹 내쉬고 일어났다.

"미카, 가자."

"어, 그렇지만……."

미카의 팔을 잡아끌자 나카자와가 얼굴을 돌렸다.

"어디 갈 건데?"

"금붕어 뜨기. 우리 돌아올 때까지 화해해라."

나는 미카의 손을 잡고 계단을 내려갔다.

"미안, 내가 괜히 금붕어 뜨기 얘기해서."

"네 잘못 아냐."

"근데, 나카자와가 왜 저러지? 평소에는 그런 식으로 말하는 애 아닌데."

"……."

나카자와는 나를 신경 쓰는 거다.

내가 아빠 얘기를 하지 않았다면 그렇게 과잉 반응하지 않았을 거고, 에리나를 몰아세우는 투로 말하지도 않았을 거다. 평소대로 녀석은 그냥 웃어넘겼을 거다.

그렇게 되는 거다. 역시 전과 똑같을 수는 없다. 그 빨간 글씨를 봤을 때 치솟던 아픔이나 분노와는 다르다. 조금 다른, 발밑이 무너져 푹 꺼지는 듯한 공포에 나는 절로 몸이 움츠러들었다.

비난을 받거나 괴롭힘을 당하면 저항할지도 모른다. 하지만 상대가 나를 동정하거나 불쌍히 여기면 그저 비참해질 뿐이다. 그것이 친절함에서 비롯된 행위란 걸 알아도, 아니, 알고 있기 때문에 더더욱 옴짝달싹할 수 없게 되는 거다.

"그럴 때도 있지. 아, 저기 금붕어 뜨기 있다."

비닐봉지 안에 조그만 오렌지색 금붕어가 한 마리 있다. 미카는 그걸 손목에 걸고, 이따금 눈앞에 들어 올리고는 뿌듯한 듯이 바라보곤 했다.

"그 아저씨, 친절해."

"그래?"

"나 한 마리도 못 떴잖아."

미카는 세 번 도전해서 세 번 다 완벽하게 실패해 버렸다. 그게 안 돼 보였던지 주인 아저씨가 금붕어 한 마리를 서비스로 주었다.

"남아도 곤란하겠지."

"그런가. 그래도 난 고마운데."

인파를 헤치고 신사 아래까지 왔다. 계단 중간쯤에 나카자와와 에리나가 어깨를 맞대고 앉아 있는 모습이 보였다.

"와, 화해했나 봐."

"그러게."

그렇게 대꾸하면서 막 계단에 발을 올려놓았을 때, 나카자와가 에리나에게 키스했다. 아차 하는 순간, 옆에 있던 미카의 입에서 작은 숨소리가 새어 나왔다. 엉겁결에 나와 눈이 마주친 미카는 얼굴이 새빨개져 고개를 숙였다.

"방해하면 미안하겠지."

"으응."

그대로 돌아 나와 미카와 함께 역 쪽으로 가면서 나카자와에게 문자를 보냈다.

— 미카 바래다주고 곧장 집에 간다. 여기서 해산!

"집까지 바래다줄게."

휴대폰을 주머니에 집어넣고 천천히 걸어가는데, 미카가 내 셔츠를 살짝 잡아당겼다.

"왜?"

"불꽃놀이 안 할래?"

"지금?"

"아, 싫으면 안 해도 되고."

"그게 아니라."

손가락으로 하늘을 가리켰다. 저녁 7시 무렵의 하늘은 아직 환했다.

"30분쯤은 더 있어야 어두워질 거 같은데."

"시간은 신경 쓰지 않아도 돼."

"……그럼, 폭죽 사러 갈까?"

"응."

역 뒷길에 있는 조그만 장난감 가게에서 폭죽 세트를 샀다. 가게 아주머니가 소원을 적어 매다는 종이를 한 장씩 서비스로 줬다.

가게 앞에 키 작은 대나무가 서 있고, 그 옆 둥근 테이블 위에 펜이 놓여 있었다.

미카는 들뜬 표정으로 아까 받은 레몬색 종이에 뭔가를 썼다. 내가 들여다보자 비밀이라면서 웃었다. 실은 다 보였지만 못 본 척했다.

'오토이시와 앞으로도 쭉 사이좋게 지내게 해 주세요.'

미카는 발돋움해서 대나무 윗부분에 종이를 묶었다.

"너도 써."

"아, 응."

나의 소원은 무슨 짓을 해도 이루어지지 않겠지만…….

그때, 바람이 거세게 불어왔다. 대나무가 크게 흔들리면서 거기 매달아 놓은 종이들이 빙글빙글 돌더니 미카의 레몬색 종이가 하늘로 날아올랐다.

"앗!"

미카가 손을 뻗었지만 닿지 않았다.

울상을 짓는 미카에게 아직 쓰지 않은 내 하늘색 소원 종이를 내밀었다. 미카는 그걸 유가타 앞자락 안에 넣었다.

"이거, 우리 집 대나무에 장식해 둘래."

폭죽을 들고 봉긋한 구릉 위의 고야마 공원으로 갔다. 언덕 중턱에 모래 놀이터가 있는 어린이 광장이 있고, 거기서 더 올라가면 정자가 있는 광장이 나온다. 비탈길을 따라 피어 있는 철쭉으로 해마다 5월이 되면 언덕이 화사해진다.

조금 더 어두워질 때까지 공원 안을 걸으면서 시간을 보내기로 했다. 하지만 갑자기 미카가 걸음을 멈췄다.

"왜?"

"미안, 발이 좀……. 게타는 처음이라."

미카가 게타에서 발을 빼내자 엄지와 둘째 발가락 사이가 벌게져 있었다.

"진즉 말하지."

"창피하잖아……. 촌스럽기도 하고."

"난 그런 거 별로 신경 안 써. 뭐 아무럼 어때, 잠깐 앉자."

주위를 둘러봤지만 딱 공원과 광장 중간 지점이어서 벤치 같은 건 눈에 띄지 않았다. 할 수 없이 잔디 위에 내 배낭을 놓았다.

"이 위에 앉아도 돼. 유카타에 뭐 묻으면 그렇잖아."

"그래도……."

"안에 네 노트밖에 안 들어 있어."

내가 웃으며 말하자 미카는 그제야 마음이 놓이는지 가방 위에 앉아 게타를 벗었다. 끈에 쓸렸는지 두 발 모두 발가락 사이가 벌게진데다 살갗까지 까진 상태였다.

"아프겠다."

"응. 근데 이러고 있으니까 괜찮아."

"집에 갈 때는 걸을 수 있겠어?"

"참고 걸어야지."

미카가 하도 진지한 얼굴로 대답하는 바람에 나는 그만 웃음을 터뜨리고 말았다.

"그거 이리 줘."

금붕어가 든 비닐봉지를 받아서 옆에 있는 나뭇가지에 걸어 놨다. 금붕어는 물속에서 꼬리지느러미를 하느작거리고 있다.

"고마워."

고맙긴, 하고 나도 옆에 앉았다.

미지근한 바람이 나뭇잎을 흔들면서 땀이 밴 피부를 부드럽게 쓰다듬었다. 습기를 머금은 달콤하고 진한 신록 냄새가 묘하게 그리움을 자아냈다.

"다행이다."

불쑥 미카가 입을 열었다.

"뭐가?"

"너 요즘 좀 이상했잖아."

"이상해?"

"이상했다고 해야 하나, 기운이 없다고 해야 하나. 난 네가 무슨 고민 있나 했거든."

"그런 거 없어."

미카가 나를 힐끗 보았다.

"오토이시, 난 무슨 일이 있어도 네 편이야."

내 편…….

"왜 그런 말을 하는데?"

"너를 좋아하니까."

미카는 눈도 깜빡이지 않고 나를 보았다.

"아, 그게 아니고. 그런 게 아니라."

나는 눈길을 돌렸다.

"너한테 도움이 되고 싶어. 고민 있으면 나한테 말해 주면 좋겠어. 고민을 터놓으면 마음이 좀 편해지잖아."

마음이 편해진다고? 어떻게 편해진다는 거야.

미카의 말이 신경에 거슬렸다. 혹시 미카가 알고 있는 건가? 발밑에 있는 풀을 쑥 뽑았다.

"오토이시, 넌 고민 있으면 혼자 다 끌어안고 살잖아."

"……."

"그래서 걱정돼."

상냥한 말인데, 그 말이 또 신경을 건드렸다.

그만 해.

"도움이 될지 모르겠지만."

더 이상 말하지 마.

"내가 할 수 있는 일이 있다면."

숨쉬기가 힘들다. 아랫배가 꾹꾹 쑤신다. 목덜미에 땀이 흐른다.

"네가 할 수 있는 게 뭔데?"

"어?"

"그러니까……."

미카의 어깨가 내 팔에 닿았다.

미카를 확 쓰러뜨리고 두 팔을 꽉 눌렀다. 놀랐는지 미카의 눈이 휘둥그레졌다.

"뭐든 할 수 있다며."

"아."

거칠게 억지로 키스를 했다. 미카의 몸이 굳어졌다. 나는 내 밑에서 몸을 비틀어 대는 미카를 꽉 누르고, 땀이 밴 미카의 목덜미에 얼굴을 묻은 채 가슴으로 손을 넣으려고 했다.

"싫어!"

미카의 비명에 놀라 살짝 몸을 들었다가 그대로 미카에게 확 떠밀렸다.

나는 엉덩방아를 찧고는 미카를 보았다. 앞자락 사이로 내가 준 소원 종이가 비죽 나와 있고, 그 아래로 살갗이 벗겨져 빨개진 발가락이 보였다.

"……미안."

곧장 사과했지만 겁먹은 표정의 미카는 무릎을 끌어안고 있을 뿐이다.

퍼엉, 펑펑.

멀리서 폭죽 소리가 울렸다.

"미안."

한 번 더 갈라진 목소리로 말하면서 손을 뻗자 미카는 움찔 몸을 떨었다. 다시 한번 더 미안하다고 말하려는데, 이번엔 목이 잠겨 목소리가 나오지 않았다. 그대로 가방을 움켜쥐고 공원 계단을 뛰어 내려왔다.

내가 무슨 짓을 한 거지, 무슨 짓을 하려고 했던 거야…….

역에 도착해서야 미카에게 노트를 돌려주지 않은 게 생각났다. 결국 노트는 돌려주지 못했다.

그날 축제 이후, 미카에게도 나카자와에게도 한 번도 연락하지 않았다. 휴대폰도 전철 안에서 꺼 둔 뒤로 한 번도 켜지 않았다.

다음 날, 오른손의 거즈를 풀고 거실로 내려갔다.

"잘 잤니?"

"좋은 아침."

엄마는 교복 차림의 나를 보자 안심이 됐는지 눈꼬리가 내려
갔다.

식탁 위에는 평소처럼 밥과 된장국, 낫토로 차려진 아침이 아니
라 토스트에 샐러드, 베이컨과 달걀이 올라와 있다.

"가끔은 이렇게 먹어도 되지 뭐. 료헤이 빵 좋아하잖니."

할머니는 나 때문에 신경 쓰고 있는 거다. 그걸 알기 때문에 고
맙거나 기쁘기보다 오히려 마음이 불편했다. 식욕은 없지만, 접시
위에 있는 것을 억지로 입안에 욱여넣고 평소보다 조금 일찍 집을

나섰다.

차가운 공기에 목덜미가 움츠러들었다. 주머니 속에 손을 집어넣고 큰길로 나가서 역 쪽으로 방향을 틀었다. 같은 교복을 입은 학생이 의아한 표정을 지으며 지나갔다.

애초에 학교에 갈 생각은 없었다. 어제 일에 대해 물어도 지금은 아무 말도 할 수가 없다. 딱히 뭔가를 숨기려는 것도, 고집부리는 것도, 반항하는 것도 아니다.

내가 한 짓에 대해 잘했다고 우길 생각도 없지만 잘못했다고 생각하지도 않는다. 다만 잘 모르겠다. 내가 어떻게 해야 했는지, 앞으로 어떻게 해야 하는지.

승차권 발권기 앞에 서서 노선도를 올려다보고 있는데, 등 뒤에서 누군가 말을 건네 왔다. 움찔 놀라 돌아보니 도다카가 서 있었다.

"어디에 가려고?"

"고스게."

엉겁결에 대답해 버린 나 자신에게 한숨이 나왔다.

"고스게?"

"가쓰시카구에 있는. 도다카 넌?"

"난, 뭐 그냥."

"그냥이라니?"

"그냥 전철 타려고."

"그러니까, 전철을 타고 어디 갈 거냐고."

내가 다그치자 도다카는 어깨를 움츠렸다.

"전철이란 게 참 좋아. 계속 타고 있어도 시비 거는 사람 하나 없고, 잠을 자든, 음악을 듣든, 책을 읽든 자유니까."

통근하는 직장인들과 통학생들이 잇따라 삼켜지듯 개찰구를 통과했다. 그런 분주한 전철역 안에서 나와 도다카는 확실하게 다른 분위기를 뿜어내고 있었다.

"여기서 고스게까지는 어떻게 가는데?"

도다카는 노선도를 올려다보았다.

"일단 요요기우에하라로 가서 갈아타면 돼."

고스게까지 가는 방법은 미리 알아봤다. 요요기우에하라에서 환승해 기타센주까지 가고, 거기서 한 번 더 갈아타면 된다. 알아보는 김에 차비도 확인해 뒀어야 했다.

"아, 찾았다."

도다카가 노선도를 가리켰다.

"요요기우에하라까지 340엔이래."

"고마워."

개찰구를 빠져나가 "잘 가." 하고 도다카와 헤어졌다.

상행선 승강장은 사람들로 넘쳐났다. 사람들 사이를 지나 맨 끝 줄에 서 있는데, 어느새 따라왔는지 도다카가 와서 옆줄에 섰다.

"어떻게 된 거야?"

"나도 신주쿠 방면으로 갈까 하고."

"하행선 쪽이 한산할 텐데."

"상관없어."

"아, 그래."

나는 주머니에 손을 넣고 앞을 보았다. 곧 전철이 미끄러져 들어왔다. 문이 열리고 사람들이 드문드문 내렸지만 내리는 것보다 훨씬 많은 사람이 전철에 올라탔다. 내 교복을 스치며 문이 닫혔고, 바로 옆에 있는 도다카는 사람들 틈에 파묻힌 모양새가 되었다.

전철이 움직이기 시작했다. 차내에는 전철 달리는 소리만이 울렸다. 창밖으로 비슷비슷한 집들과 아파트 단지가 눈에 들어왔다. 언뜻언뜻 울창한 초록과 밭도 있었다. 전철은 역에 도착할 때마다 승차하는 사람이 많아 옴짝달싹도 못할 지경이었다. 사람들로 빼곡한 전철 안에서 창백한 얼굴이 된 도다카는 손으로 입을 막고 있다.

"괜찮아?"

도다카는 고개를 끄덕였지만 전혀 괜찮아 보이지 않았다. 전철이 다음 역에 멈췄을 때, 나는 도다카의 손을 잡고 내렸다. 차가운 바람이 상쾌했다. 그렇게 생각하는 나와 달리 도다카는 승강장 바닥에 웅크리고 앉았다.

"여긴 위험해."

나는 도다카를 벤치로 데려갔다. 도다카의 앞머리가 차르르 얼굴을 가렸다.

"미안, 너까지 내리게 해서."

"괜찮아. 나도 급할 거 없어."

내가 옆자리에 앉자 도다카는 무릎에 팔꿈치를 짚고 두 손으로 얼굴을 감쌌다.

"마실 것 좀 사 올게."

매점에서 돌아오니 도다카는 몸을 일으키고 앉아 있었다.

"차가운 거랑 따뜻한 거, 어느 쪽?"

"따뜻한 거."

도다카한테 홍차를 건네주고 나는 오렌지주스의 뚜껑을 땄다. 속이 메슥거릴 때는 차가운 것이 좋지 않을까 싶어 나름 신경 써서 사 왔더니, 따뜻한 쪽을 고를 줄은 몰랐다.

얼음처럼 차가운 음료를 마셨다. 몸속까지 차가워지자 소름 돋을 정도로 추웠다.

"왜 그래?"

"아니, 그냥. 속은 어때?"

"응. 괜찮아."

"되게 붐비더라. 늘 저렇게 다니는 걸까. 다들 대단하다."

횡횡 바람을 가르며 다시 전철이 들어온다. 전철이 승객을 토해 내고 다시 빨아들인다. 그 모습을 바라보는 내 옆에서 도다카가 벤치 등받이에 몸을 기댔다.

"고스게는 어떤 덴데?"

"……몰라."

"가 본 적 없어?"

"없어."

"그렇구나……."

"……."

"이 역이야, 우리 오빠가 붙잡힌 데."

얼떨결에 얼굴을 들자, 도다카는 표정 변화 없이 그대로 앞을 보고 있었다.

"여기서 끌려 나와 경찰서로 잡혀갔대. 퇴근 시간대였다니까, 아마 조금 전처럼 엄청 붐볐겠지."

어떻게 반응해야 좋을지 몰라서 그저 고개만 끄덕였다.

"아까 전철 안에서, 허리에 뭔가가 닿았어. 아마 가방이나 뭐 그런 거였겠지, 그런데도 그게 끔찍하고 불쾌해서 숨을 쉴 수 없었어."

도다카는 홍차 페트병을 두 손바닥으로 굴리면서 크게 숨을 내쉬었다.

"어제 일, 들었어."

"엇?"

"네가 구세를 때렸다면서. 담임 선생님한테 들었어."

"……."

"고마워."

"난 그냥."

"담임 선생님도 와카바랑 다른 애들한테서 들었대, 구세 패거리가 한 짓에 대해서."

와카바? 어디선가 들어 본 이름 같다.

"반장?"

"응, 맞아. 이리에 와카바."

"오지랖이 넓다고 해야 하나, 말이 많고 나서는 타입이던데."

내 말에 도다카는 큭큭 웃었다.

"그래도 좋은 애야. 와카바는 엄청 정의감 강하고, 융통성은 좀 없는데 되게 착해."

"그렇구나."

"응. 다른 애들은, 겉으로는 오빠랑 너는 상관없다느니 어쩌느니 하면서 친절한 척하잖아. 근데 와카바는 한마디도 그런 말을 한 적이 없어. 하지만 내가 수업을 빠지면 말없이 노트 필기한 걸 사진 찍어서 휴대폰으로 보내 줘. 그래서 나도 힘내야지, 생각하게 돼."

"너무 애쓰지 않아도 될 거 같은데."

"응. 하지만 엄마랑 아빠한테 걱정 끼치고 싶지 않거든. 그런데 생각과 다르게……."

"그래서 매일 전철로 시간 보내는 거구나."

"응."

"학교에서 집에 연락하면, 금방 알 텐데."

"담임 선생님한테 한동안 결석하겠다고 미리 말해 뒀어. 어제도 또 말했고."

"그래."

"어제 내가 학교에 안 갔으면 무로이 너한테 그런 일 없었을 건데."

그렇게 말하고 도다카는 내 오른손을 보았다.

"미안해."

아니다, 도다카 탓이 아니다. 그건 내가, 내 자신이…….

"고스게라는 데 말야."

"어?"

도다카는 당황해서 고개를 갸웃거렸다.

"고스게. 아까 물어봤지, 어떤 데냐고."

"아, 응."

"거기에 도쿄 구치소가 있어."

"도쿄 구치소?"

"미결수……, 기소된 사람이 판결로 형이 확정될 때까지 구류돼 있는 곳. 사형수도 있는 것 같고."

"……."

"거기 있어, 우리 아빠."

도다카가 얼굴을 번쩍 들었다.

"아빠가 붙잡혀 가자마자 바로 이사 왔어. 엄마랑 남동생이랑 함께. 부모님이 이혼해서 성도 바뀌었고."

"그랬구나."

"응. 중학교 3학년 2학기에 전학하는 일, 거의 없잖아."

"……응."

"그러니까, 어제 일은 너 때문이 아니라고."

오렌지주스를 마시고 자리에서 일어났다.

"무로이."

돌아보자 도다카가 똑바로 나를 올려다보았다.

"왜."

"아빠가 뭘 잘못했는데?"

"……."

"미안. 이런 거 물으면 안 된다는 거 아는데. 대답하고 싶지 않으면 안 해도 돼."

여기서는 아빠 일에 대해 아무도 모른다. 알려지지 않도록 조심했다. 도다카와 이야기하는 것은 오늘로 세 번째다. 친한 사이도 아니다. 그럼에도 도다카에게라면 말할 수 있을 것 같았다. 말하고 싶다. 숨기고 싶지 않다.

"아빠는……."

"무로이?"

뿌우웅 뿌웅!

기적 소리가 나고 덜커덩덜커덩 전철이 들어왔다. 벤치에 앉아 있는 도다카의 치맛자락이 살짝 펄럭였다.

"우리 아빠는, 사람을 죽였어."

도다카는 숨을 죽인 채 나를 빤히 보았다.

"……힘들었겠다, 무로이 너도."

"응, 뭐. 괜히 말했나?"

"왜?"

"무거운 얘기잖아. 모르는 게 좋은 것도 있지 싶어서."

"내가 물어본 건데 뭐."

"그야 그렇지만. 만약 다른 애가 물었다면 말하지 않았어."

도다카는 시선을 떨어뜨리고 고개를 끄덕였다.

"미안하다, 이상한 얘기해서."

"뭐가 미안해! 같은 처지니까 이해할 수도 있는 거고, 이야기도 할 수 있는 거지."

역무원이 흘낏 우리를 쳐다보면서 지나갔다.

"미안. 목소리가 컸지?"

도다카가 사과했다.

"아냐, 오히려 마음이 편해졌어. 사실은 나도 그런 생각, 했었어. 근데 그게, 동병상련을 느낀다고 해야 하나, 상처를 서로 어루만져 준다고 해야 하나, 그런 게 왠지 얍삽한 거 같더라. 뭐, 그래도 이렇게 말해 버렸지만."

"얍삽한 거 아니야. 내 마음을 알아주는 사람이 있다는 게 얼마나 안심이 되는데."

작게 고개를 끄덕였다. 그래도 거기에 기대선 안 된다고 생각한다.

"도다카."

"왜?"

"난 다음 전철 오면 타고 갈게."

"아빠 만나러?"

"응."

"근처까지 나도 같이 갈까?"

"됐어." 하고 고개를 저었다.

"혼자 갈게. 난 우리 아빠가 붙잡혀 간 뒤로 한 번도 못 만났어. 계속 아빠가 면회를 거부했거든. 그러니까 가도 만날 수 있을지는 모르지만, 무슨 일이 있었던 건지 아빠한테 직접 듣고 싶어. 안 그러면……."

안 그러면, 이 상태로는 계속 아빠를 원망만 하게 될 거다. 내가 한 짓도 전부 다 아빠 탓으로 돌려 버릴 거다.

"만날 수 있으면 좋겠다."

도다카와 헤어져, 상행선 전철을 탔다.

고스게에 도착한 건 11시 조금 전이었다. 플랫폼에 내리자 중년 아주머니 두 명이 앞에 보이는 커다란 건물을 가리키며 이야기를 나누고 있었다. 마치 요새와도 같은 그 건물에 나는 압도당하고 말았다.

저기가 도쿄 구치소구나.

개찰구를 빠져나가 주변 안내도에서 정확한 위치를 확인했다. 공기가 무겁고, 왠지 거리가 착 가라앉은 색으로 보이는 것은 기분 탓일까.

잠시 걸어가자 '도쿄 구치소 앞'이라는 표지판이 붙은 교차로가 나왔다. 바로 왼쪽에 정문이 있고, 정문 앞에는 면회소 가는 길을 표시한 안내판이 있었다. 안내판에서 확인한 대로 큰길을 따라 걷다가 첫 코너에서 왼쪽으로 꺾어 들어가 펜스를 따라 200미터쯤 걸어가자 '면회소 출입구'라고 적힌 안내판이 보였다.

건물 안으로 들어가자 내부는 널찍하고 깨끗했다. 어쩐지 종합병원 같은 분위기다. 정면에 기다란 소파가 수십 개 놓여 있고, 거기에는 부부로 보이는 나이 지긋한 남녀와 화려한 차림을 한 여자, 유모차를 곁에 둔 아기 엄마인 듯한 사람과 작업복을 입은 중년 남자 등 면회 온 가족으로 보이는 사람들이 드문드문 앉아 있다. 그중에는 한눈에 변호사라는 걸 알아볼 수 있는 양복 차림의 사람들이 몇 명 섞여 있었다.

접수창구에서 면회 의사를 밝히자 면회 신청서를 쓰라고 했다. 창구 옆 카운터에서 면회 신청서라고 인쇄된 용지를 한 장 빼 들었다. 거기에는 면회 대상의 이름과 면회 목적, 면회인의 이름과 생년월일이며 주소를 쓰는 칸이 있고, 오른쪽 끝에 직업과 관계를 적는 칸이 있었다. 빈칸을 하나하나 채워 나가면서 직업란에 학생이라고 적고는 다음 칸에서 그만 손이 멈췄다.

관계. ……아들, 이라고 쓰면 되는 건가.

아빠와 엄마가 이혼했기 때문에 지금 나는 아빠와 성이 다르다. 호적상으로는 가족이 아닌 거다. 그래도 면회를 허락해 줄까. 오토이시 료헤이라고 고쳐야 하는 건가, 그런 생각을 하면서 무로이 료헤이라고 적은 칸을 보았다.

바보같이. 이런 데서 거짓말을 해서 어쩌겠다는 건가.

관계를 적는 칸에 '아들'이라고 적었다.

"다 적었습니다."

창구 너머 유니폼을 입은 직원에게 서류를 건넸다. 직원이 흘끗 나를 보았다. 입이 바짝바짝 탔다.

안 되는 건가? 가와바타 변호사 말로는 면회에 나이 제한은 없다고 했는데, 성이 다르면 가족으로 인정받지 못하는 건가.

덥지도 않은데 겨드랑이에서 땀이 난다.

"번호 부를 때까지 기다려요."

직원은 그렇게 말하고 번호표를 줬다.

"아, 아. 네."

얕게 숨을 내뱉고, 맨 뒤에 있는 소파로 가서 살짝 걸터앉았다.

정면에 전광판이 있었다. 잠시 후 '63'이라고 번호가 표시됐다. 동시에 '63번 분은 6층으로 올라가시기 바랍니다.'라고 방송이 나오자, 대각선 앞에 앉아 있던 여자가 일어나 또각또각 하이힐 소리를 울리며 내 옆을 지나갔다.

저기에 번호가 뜨면 면회할 수 있는 거다. 쥐고 있던 번호표에 시선을 떨어뜨리고는, 그제야 내가 손을 떨고 있다는 것을 알았다.

쫄긴 왜 쫄아.

이제는 만날 수 있는 건가? 아빠는 나를 만나 줄까?

참, 만나면 무슨 말을 할까. 엄마와 슈헤이 얘기를……, 아니 그
보다 먼저 아빠에 대해서 물어봐야지. 사건에 대해서 아빠 입으로
직접 듣는 거다. 그리고…… 그리고 나서.

묻고 싶은 것도, 알고 싶은 것도 헤아릴 수 없을 정도로 많았는
데, 머릿속이 새하얘지면서 아무것도 떠오르지 않았다. 심장이 콩
닥콩닥 울렸다.

진정해. 진정해. 진정하라고. 조금 긴 손톱으로 번호표를 톡톡
튕기면서 천천히 숨을 내뱉는다.

5개월 만이다. 아빠 얼굴을 이렇게 오랫동안 보지 않은 건 처음
이다.

전광판을 뚫어지게 바라본다. 그때 내 번호가 불리고, 접수창구
로 와 달라는 방송이 흘러나왔다.

차례가 와서 불린 게 아니란 걸 알았다. 후유, 크게 심호흡하고
일어나 접수창구로 가서 번호표를 내밀었다. 아빠 나이쯤 되는 직
원이 얼굴을 들었다.

"오래 기다리셨습니다."

"고맙습니다."

내가 가볍게 고개를 숙이자 직원이 똑바로 나를 보았다.

"오늘 면회는 안 되겠습니다."

"……면회가 금지된 건가요?"

"본인이 면회를 거부했습니다."

"그건."

"네, 말씀하시죠."

"……아니요, 됐습니다."

맥없이 돌아섰다.

역시나 하는 마음과 도대체 왜 하는 의문이 온몸 구석구석을 마구 뛰어다닌다. 아빠가 면회를 거부한다는 것은 알고 있었다. 그래도 일단 여기까지 오면 만나 주겠지 하는 기대도 있었다. 아빠는 나를 쫓아내지는 않을 거다, 틀림없이 만나 줄 거다…….

그런데 거절당했다. 아빠는 나를 만나려고 하지 않는다. 왜 이렇게까지 완강히 거부하는지 도무지 그 이유를 모르겠다.

만나고 싶지 않은 건가? 보고 싶지도 않나? 만나서 이야기하고, 마음을 전하려는 생각을 왜 하지 않는 걸까.

나라면, 나였다면…….

밖으로 나가자마자 누군가 내 이름을 불렀다.

"오토이시, 오토이시 료헤이!"

그 이름으로 불린 것은 오랜만이었다.

엉겁결에 걸음을 멈추자 정면에서 키 큰 남자가 뛰어왔다.

"아."

"오랜만이군."

가와바타 변호사였다.

구치소 앞에 하나뿐인 찻집에 들어가 가와바타 변호사는 커피
를 주문했다.

"료헤이, 뭐 마실 거냐?"

"같은 거요."

"그럼, 따뜻한 커피 두 잔 주세요."

가와바타 변호사는 주문 후 휴대폰을 확인하고는 재킷 안주머
니에 넣으며 내게 물었다.

"학교는?"

"……."

"아, 땡땡이친 건가."

가와바타 변호사는 웃으면서 테이블에 놓인 메뉴판을 펼쳤다.
추가로 샌드위치를 주문했다.

"학교는 어떠냐? 이제 적응됐어?"

내가 고개를 갸우뚱하듯 하며 끄덕이자 가와바타 변호사의 눈
꼬리가 내려갔다. 카운터에서 고소한 커피 향이 번져 왔다.

"헌데, 오늘은 아빠 만나러 온 거냐?"

"네."

짧게 대답하고 테이블 아래서 손에 난 상처에 손톱을 꾹 박았다.

"커피 나왔습니다."

가게 아주머니가 커피 두 잔을 쟁반에 담아 들고 왔다.

"못 만났어?"

"……."

"그래, 아쉬웠겠구나."

"아쉽다기보다……."

"아쉽다기보다?"

가와바타 변호사는 들었던 커피잔을 도로 잔 받침에 내려놓고 물었다.

"화가 나요."

"아, 응. 그럴 테지."

가와바타 변호사는 고개를 두어 번 *끄덕끄덕*하고, 다시 커피잔을 들었다.

"비겁해요, 아빠는."

이 사람한테 말해 봐야 아무 소용없다. 그건 알고 있다. 하지만 말하지 않고는 미칠 것 같았다. 엄마도, 할머니도, 할아버지도 아닌 다른 누군가에게, 아빠 일을 알고 있는 타인에게 속 시원하게 털어놓고 싶었다.

커피를 한 모금 입에 머금자 혀 위로 쓴맛이 퍼져 나갔다. 가와바타 변호사는 나를 한 번 보고는 다시 커피잔을 입으로 가져갔다.

"지금부터 하는 얘기는, 혼잣말이야."

"네?"

말뜻을 모르고 내가 어리둥절해하자, 가와바타 변호사는 시선을 창밖으로 돌리고 이야기하기 시작했다.

"가족의 면회를 받으라고 많이 권유했지요. 가족의 뒷바라지는 생각보다 훨씬 큰 힘이 되니까요. 그런데도 그는 완고하게 거절하더군요. 정 그렇다면 하다못해 편지만이라도 받아 보라고 했으나 그마저도 안 받겠다고 하더군요."

"저, 그 말은."

"처음에 말이죠, 눈에 띄게 동요하면서 부인과 아드님들을 볼 면목이 없다고 했는데, 그게 거짓말이 아니었습니다. 하지만 나는 여러 번 접견하면서, 그가 가족을 만나려 하지 않는 게 그 이유만은 아니란 걸 알게 됐습니다."

나는 입을 꾹 다물고 가와바타 변호사의 입만 보았다.

"그는 계속 피해자에 대해 생각하고 있는 것 같습니다. 당연한 일인지도 모르지요. 고의는 아니었다고 해도 그는 그 사람의 목숨을 빼앗았으니까요. 피해자 본인은 물론이고 그 가족에게서까지도 영원히 빼앗아 버린 거지요."

피해자…… 피해자의 가족. 잊고 있던 건 아니다. 생각하지 않았던 것도 아니다. 하지만 나는 그동안 내 생각만으로도 머리가 터질 것 같았다. 머리로는 내가 가해자 가족이란 걸 인지하고 있었지만, 마음 한편에서는 나도 피해자라고 생각하고 있었다. 아빠가 저지른 일로 왜 우리가 숨어 살아야 한단 말인가. 왜 사는 곳도, 학교도, 성도 바꾸고, 친구들을 버리고, 여자 친구에게 상처 주고, 많은 것을 버리고, 포기하고, 겁에 질려 살아야 한단 말인가.

억울해했다. 진짜 피해를 본 사람에 대해서는 생각하지 않고 나 자신을 피해자라 여기고 동정해 왔다. 타인이 나를 동정하는 건 거부하면서 나는 누구보다도 나 자신을 가장 동정했던 거다.

그 사람은 죽었다. 목숨을 잃었다.

죽은 사람은 무슨 수를 써도 살아 돌아오지 않는다.

피해자 가족이 아무리 간절히 원해도 다시는 만날 수가 없다.

아빠가 저지른 죄는 내가 생각한 것보다 훨씬 더 무겁다.

"그는 말이죠, 나 혼자만 가족을 만날 순 없다, 가족의 뒷바라지를 받아선 안 된다, 그러더군요."

"……."

"그의 말은 이해해요. 하지만 세상살이에 서툰 사내라고 봅니다."

가와바타 변호사는 커피잔을 입으로 가져가면서 눈썹을 꿈틀 움직이더니 테이블 가장자리에 있는 냅킨 두 장을 나에게 내밀었다.

양 볼을 타고 무언가 주르륵 흘러내리는 것을 느꼈다. 눈물? 내가 울고 있는 거야? 허둥지둥 왼손으로 얼굴을 문질렀다.

"오래 기다리셨습니다."

카페 아주머니가 샌드위치 접시와 계산서를 테이블 위에 놓고 갔다.

"혼잣말은 이만 끝. 자, 그럼, 먹자."

가와바타 변호사는 접시를 내 쪽으로 밀어 주었다. 내가 샌드위치를 하나 집어 들자 가와바타 변호사는 고개를 끄덕이며 미소 지었다.

가와바타 변호사는 요즘, 내년 1월에 열리는 재판에 대비하여 2주에 한 번씩 아빠와 만난다고 했다. 오늘도 아빠를 만나러 가는 길이었다.

"아빠한테 뭐 전할 말 있어?"

헤어질 때 그는 그렇게 물었지만 나는 고개를 가로저었다.

가족을 만나지 않겠는 것이 자신이 저지른 일에 대한 아빠 나름의 속죄 방법이라 해도, 가족을 희생양으로 삼아선 안 된다고 생각한다. 아빠를 이해한 건 아니다. 아빠의 행동은 자기만족에 지나지 않는다는 생각도 든다.

하지만 아주 조금은 아빠답다고 생각했다. 내가 알고 있는 아빠를 만난 기분이 들었다.

전철을 기다리는 승강장에서 하염없이 구치소 건물을 바라봤다. 아빠는 지금 무얼 하고 있을까. 지금쯤 가와바타 변호사와 만나고 있겠지. 이야기를 나누고 있을까. 어떤 얼굴을 하고, 어떤 목소리로 이야기를 나눌까.

집 근처 역에 도착하자 개찰구 너머에 엄마가 서 있었다. 순간적으로 걸음을 멈추고 "엄마." 하고 부르자 엄마의 얼굴에 안도의 빛이 퍼져 나갔다. 개찰구를 나가자마자 엄마는 내 머리를 탁 때렸다.

"아야."

"아프단 말이 나와 지금! 얼마나 걱정했는지 알아?"

"미안해. 근데 엄마가 왜 여기에?"

"변호사님이 전화해 줬어."

엄마는 "가자." 하고 내 팔을 잡아끌었다.

"아빠한테 갔었다고?"

"만나진 못했어."

"그래."

"응."

엄마는 잡고 있던 내 팔을 놓았다.

"고맙다."

"……뭐가?"

뜻밖의 말에 내가 멈춰 서자 엄마도 걸음을 멈추고 돌아봤다.

"가 줘서. 아빠가 많이 기뻐했을 거야."

"그럴까?"

"그럴 거야. 엄마는 못 갔거든."

"왜?"

"두려웠어. 아빠가 면회를 거부한다는 걸 알고 있어도, 막상 거부당하면 더 두려울 테니까."

그래, 맞아, 나도 그 마음 알아.

"넌 왜 간 거야? 면회 안 될 수도 있단 생각, 안 했니?"

"반반. 다짜고짜 찾아가면 혹시나 하는 생각도 있었어."

하지만…….

아빠를 만나러 갔던 건 아빠를 위해서가 아니다. 7월에, 아빠가 체포된 그날 이후로 나는 내내 휘청거렸다. 남의 옷을 입은 것처럼 마음이 편치 않았고, 늘 누군가가 나를 지켜보고 있는 것 같은 불안에 시달렸다.

나는 나인데, 내가 알고 있는 내가 보이지 않았다. 주변에 있는 것을 단 하나도 잃고 싶지 않은데, 모든 걸 다 파괴해서 없애 버리고 싶은 충동에 사로잡히기도 했다.

아빠는 악한 사람이 아니다. 하지만 그런 아빠가 사람을 상처 입히고 남의 목숨을 빼앗았다. 죽이려고 한 건 아니었다. 분명 그랬을 거다. 그렇더라도, 털끝만큼이라도, 아빠 안에 잔인하고 흉포하고 악한 감정이 똬리를 틀고 있던 건 아닐까.

분명 그런 감정들은 내 안에도 있다. 그 감정을 인정하고 싶지 않아서 나 자신에게서 눈을 돌렸다. 두려운 마음에 그건 내 몸속에 흐르는 피 때문이라고 스스로에게 변명했고, 그 변명이 다시 나를 옭아맸다.

구세를 때렸을 때 아픔 같은 건 느끼지 못했다. 분노가 치솟는 대로 주먹을 휘두르다 보니 나도 모르게 더 흥분했다. 눈을 돌리면 돌릴수록 흔들리고 불안해진다. 마음이 살짝 긁히기만 해도 쉽게 나를 잃고 만다. 그런 나 자신이 무서웠다.

아빠를 만나러 간 건, 보고 싶지 않은 것에서 눈을 돌리지 않고, 듣기 싫은 말에도 귀를 막지 않고, 내 발로 땅을 딛고, 똑바로 얼굴을 들고 싶었기 때문이다.

아빠와 마주함으로써 나 자신과도 마주할 수 있다고 생각했다. 나는 아빠의 도움을 받고 싶었다.

눈을 들어 엄마를 보았다.

"만나지는 못했어도, 가지 않은 것보단 좋았어."

"그래. 그렇다면 다행이고."

엄마는 미소 지었다.

"내일은 학교 갈 거야. 그리고 구세 말인데."

"뭐?"

"난 그 자식이 한 짓은 용서 못 해. 맞아도 싸다고 생각해. 그래도 때린 건 사과할 거야."

"……."

옆에서 나란히 걷는 엄마의 눈이 빨개졌다.

"미안."

"엄마한테 사과할 건 뭐 있어."

"……내일의 리허설."

"엉뚱하긴."

엄마가 웃었다.

사과하지 않으면 안 되는, 내가 진심으로 사과해야 할 상대는 따로 있다.

서랍장 깊숙이 처박아 둔 휴대폰을 꺼내 충전기에 연결했다. 7월의 축제, 그날 이후로 한 번도 전원을 켜지 않았다. 전철 안에서 전원을 끄고는 집에 돌아오자마자 그대로 서랍장 깊숙이 처박아 뒀다. 휴대폰만 꺼 두면 아무도 내게 연락할 수가 없다. 연락되지 않으면 저절로 잊힌다. 그럼 되는 거다, 그걸로 다 끝날 줄 알았다.

손가락으로 전원 버튼을 길게 누르자 화면이 밝아지면서 휴대폰이 부르르 하고 몇 번 진동했다.

부재중 전화와 문자가 수십 건 들어와 있었다. 먼저 문자 수신함을 열자 나카자와의 이름이 죽 떴고, 미카가 보낸 문자도 두 건 있었다. 한 건은 축제 다음 날, 또 한 건은 9월 2일에 보낸 것이었다.

가슴이 꽉 쥐어 짜이는 듯이 아프고, 몸이 뜨거워졌다.

미카의 문자를 예상하지 못한 건 아니었다. 오히려 당연히 문자가 와 있을 거라고 생각했다. 그래서 그동안 더더욱 전원을 켤 수 없었다.

방바닥에 앉아 침대에 등을 기댔다. 휴대폰을 쥐고 숨을 크게 내쉬었다. 변명할 수도 없다. 아니, 할 생각도 없다. 미카에게 상처를 주고, 배신하고, 나는 도망쳐 버렸다.

나는 쓰레기다. 용서받을 수 없을 거다. 사과해도 미카는 용서해 주지 않을 거다. 용서받지 못해도 좋다.

다만, 꼭 사과하고 싶다.

너무 늦었을지도 모른다. 다시는 못 만날 지도 모르고, 미카가 사과받길 원하지 않을지도 모른다. 다만 나의 자기만족일지도 모른다. 그래도 꼭 사과하고 싶다.

떨리는 손끝으로 '미카' 이름을 꾹 눌렀다.

- 어제는 미안했어. 내일은 학교 올 거지?

꼭 와. 우리 같이 소원 종이 쓰자.

미카가 보낸 또 하나의 문자를 확인했다.

- 전학 갔다고 들었어. 누가 무슨 말을 해도, 무슨 일이 있어도

나는 계속 오토이시 편.

오토이시, 어떻게 지내? 잘 지내는 거야?

두 번, 세 번 떨리는 숨을 내쉬며 천장을 올려다보았다. 그리고
나카자와의 문자를 차례로 열어 보았다.

- 왜 네 멋대로 가 버렸냐. 뭐 됐고, 미카랑 잘해 봐라!

- 어제 무슨 일 있었어?

- 미카한테 아무 말도 안 했어? 걱정하더라. 연락 좀 해 줘라.

- 시험 끝!

- 조회 시간에 너 전학 갔다는 이야기 들었어.

아저씨 일은 여름 방학 전에 소문이 좀 돌긴 했는데,

다들 안타까워하더라. 료헤이, 어떻게 지내?

- 료헤이, 보고 싶다.

눈시울이 뜨거워지고 이내 눈물이 흘러넘쳤다.

멋대로 굴어서 미안.

약해서 미안.

걱정 끼쳐서 미안.

답장 안 해서 미안.

미안. 미안. 미안.

비겁해서 미안.

나카자와도 미카도 나에 대해 신경 쓰고, 동정하고, 불쌍하게 여길 것 같았다. 그게 싫어서 다시는 만나지 않을 거라고……. 내내 나 자신에게 그렇게 말해 왔다. 그렇게 생각해 왔다. 하지만 사실은 그렇지 않다. 나는 나카자와가 나에게서 멀어질까 봐, 미카가 헤어지자는 말을 꺼낼까 봐 두려웠다. 상처받고 싶지 않았다. 그래, 어차피 그들이 떠날 거라면 내가 먼저 잘라 버리는 게 낫다. 그래서 도망쳤던 거다.

휴대폰을 꽉 쥐었다.

'도망치면 계속 쫓길 거 아니야. ……혹 아는 사람이라도 만나지 않을까 하면서 늘 쭈뼛거리겠지.'

도다카가 했던 말을 떠올렸다.

이제 나는 도망치고 싶지 않다.

누구에게서도, 나에게서도.

흐읍, 숨을 들이마시고 휴대전화 자판을 눌렀다.

 - 나카자와, 잘 지내지? 문자 많이 보냈더라, 미안.

고맙다. 나도 보고 싶다.

먼저 나카자와에게 답장을 보내고, 다음으로 미카의 문자를 보며 입술을 깨물었다.

뭘 어떻게 써야 할까. 사과도 해야 하고, 전하고 싶은 말도 산더미다. 하지만 그걸 말로 해 버리면 그 모든 것이 너무 가벼워질 것만 같았다.

축제 날, 미카는 내게 '오토이시 편'이라고 말했다. 그 말을 순순히 받아들이지 못했던 건 미카에게 아빠 일을 말하지 않았기 때문이다.

아무것도 모르는 주제에, 무슨 일이 있는지도 모르면서 어쭙잖은 위로 같은 거 하지 말라고……. 상냥하고 말랑말랑한 말만 하는 미카에게 짜증이 확 올라왔다. 구깃구깃한 감정이 북받치는 걸 억누를 수 없었다.

번드르르한 말을 늘어놓는 미카를 상처 주고 싶은 마음으로 넘어뜨렸다.

그런데도 미카는…….

미카가 두 번째 문자를 보낸 건 개학 날이다. 아빠 사건을 알았을 텐데도, 문자는 축제날 내게 했던 말과 같은 내용이었다.

작게 숨을 쉬고 손가락을 움직였다.

보내기를 눌렀다.

- 미카, 미안해. 상처 줘서 미안.

좀 더 제대로 쓰고 싶었지만 쓸 수 없었다.

휴대폰을 바닥에 놓고 눈을 감았다.

부르르르 부르르르.

휴대폰을 확인했다.

- 왜 이렇게 답장이 늦냐! 난 언제든 오케이니까 연락해라.

　아, 맥도날드에서 한 번 쏴라!

나카자와⋯⋯. 콧날이 시큰해졌다.

'오케이'라고 답장을 보내자마자 또 휴대폰이 부르르르 떨었다.

벌써? 하고 화면을 본 순간 숨이 턱 멎었다.

미카였다.

마른침을 삼키고 문자를 열어 봤다.

- 난 벌써 용서했어. 그때 너, 울 것 같은 얼굴을 하고 있었어.

　오토이시, 내 소원은 이루어졌니?

그 밑에 두 장의 사진이 첨부돼 있었다.

한 장은 하늘색 소원 종이.

'오토이시가 웃을 수 있게 해 주세요!'

화면을 아래로 내리자 어항 속에서 헤엄치는 오렌지색 금붕어 사진이 보였다. 축제 때 그⋯⋯. 숨을 깊이 들이마시자 목이 떨리면서 왈칵 눈물이 쏟아졌다.

용서받지 못해도 좋다. 단지 사과하고 싶다. 그런 마음으로 문자를 보냈다.

하지만 아니었다. 그게 아니었다.

나는 미카에게 용서받고 싶었다. 꼭 용서받고 싶었던 거다.

휴대폰을 꽉 쥔 채 두 손으로 얼굴을 감싸고 나는 오열했다.

◆ ◆ ◆

새해가 되자마자 아빠의 재판이 열렸다. 가와바타 변호사는 방청할 수 있다고 했지만, 엄마도 나도 재판에 가지 않았다.

면회를 계속 거부해 온 아빠의 생각을 존중해서 가지 않은 건 아니다. 내가 재판에 가지 않은 건, 아빠와 직접 마주하고 싶기 때문이다. 그게 언제일지는 모른다. 재판이 다 끝난 후일지, 형을 다 마친 후일지, 아니면 그보다 더 후일지.

재판은 이틀 동안 진행되었고 곧바로 판결이 나왔다. 죄명은 상해 치사죄. 구형은 징역 10년, 판결은 징역 6년. 항소는 하지 않았다.

가와바타 변호사가 전화로 그 소식을 알려왔을 때, 엄마는 연신 "고맙습니다." 하고 되풀이하면서 머리를 조아렸다. 엄마의 눈이 붉어져 있었다.

징역 6년. 사람의 목숨을 빼앗은 죗값이 6년이라면 길다고 할 수는 없다.

한 번 잃은 생명을 다시 되돌릴 수는 없다. 그 죄는 어떤 대가를 치러도 완전히 속죄할 수 있는 것이 아니다. 피해자 가족은 아빠를 평생 용서하지 않을 것이다.

6년 후, 아빠가 교도소에서 나올 때면 나는 스물한 살이다. 그때 나는 무엇을 하고 있을까. 어떤 어른이 되어 있을까.

"다녀왔습니다."

달카당달카당 책가방 소리를 울리면서 슈헤이가 거실로 뛰어들어왔다.

"어서 와."

"어, 형, 학교는?"

"오늘은 오전 수업이었어."

"아아. 아, 할아버지! 요랑 같이 페로 산책시켜도 돼요?"

책가방을 거실에 내팽개치고, 슈헤이는 마당에 있는 할아버지에게로 뛰어나갔다.

슈헤이는 새해부터 학교에 다니고 있다. 특별한 계기가 있었던 건 아니다. 설날에 게임을 하면서 갑자기 "학교 갈래."라고 말을 꺼냈다. 엄마도 할머니도 순간 말문이 막힌 모양이지만 할아버지는 "그래, 응." 하고 슈헤이의 머리를 쓰다듬었다.

뭔가가 해결된 것은 아니다. 그래도 슈헤이는 천천히, 그리고 조금씩, 무너졌던 마음의 둑을 다시 쌓아 올렸을 것이다. 무너진 걸 다시 쌓아 올리는 데 시간이 필요했던 거다.

도다카도 분명······.

도다카는 아직도 교실에는 오지 않는다. 하지만 이따금 점심시간에 바람처럼 도서실에 나타나 해도 그만 안 해도 그만인 이야기를 두서없이 늘어놓고는 점심시간이 끝나면 돌아간다.

나는 그런 도다카를 교실로 잡아끌지는 않는다.

슈헤이를 보면서, 도다카도 지금은 그렇게 지내는 게 좋지 않을까 생각했기 때문이다.

"다녀오겠습니다."

슈헤이의 목소리와 페로의 짖는 소리가 들렸다.

2층으로 올라가 베란다로 나갔다.

소름 돋을 만큼 찬 공기 속으로 하얀 입김이 퍼졌다.

오른쪽 가운뎃손가락 관절에 희미하게 남은 흉터를 손가락으로 문질렀다.

아빠에게 새겨진 상처는 깊다.

아무리 후회해 봐야 돌이킬 수도, 다시 시작할 수도 없는 것이 있다. 보이지 않는 상처가 평생토록 사라지지 않는 일도 있다.

한 번 저지른 죄는 없던 일이 되지 않는다.

그럼에도, 아무리 용서받지 못할 죄를 지었다 해도. 사람은 누군가에게 용서받지 못하면 구원받지 못한다.

아빠의 죄는 사라지지 않는다. 평생을 짊어지고 가야 한다.

하지만 나는 언젠가 아빠에게 용서한다고 말하고 싶다. 용서하고 싶다. 아빠를 만났을 때, 그렇게 생각할 수 있는 사람이 되어 있고 싶다.

팔랑팔랑 눈발이 흩날리기 시작했다.

손을 펼치자, 솜털 같은 눈송이가 손바닥 위에서 사르르 녹았다.

어느 날 나의 가족이 사람을 죽인 죄로 경찰에 체포된다면? 대문 앞에 '살인자의 집'이라고 쓰인 협박장이 붙고, 우리 집 사정을 취재하려는 기자들이 마을을 들쑤시고 다닌다면?

살인자가 되어 버린 가족을 향해 왜 죄 없는 나까지 고통의 늪에 빠뜨렸느냐고 원망하게 될까? 아니면 그럴 만한 사정이 있었을 거라고 이해하며 따뜻하게 품어 주고 싶을까?

늘 다정한 미소로 눈인사를 나누던 이웃들은 남겨진 우리 가족을 어떻게 바라볼까? 허물없이 장난치며 붙어 다니던 절친한 친구의 반응은? 여자 친구는 나와 계속 만나 줄까?

세상에는 매일같이 끔찍한 사건과 사고가 일어난다. 누군가는 돌이킬 수 없는 피해를 입거나 죽임을 당하고, 누군가는 가해자가 되고, 또 누군가는 가해자의 가족이 된다.

《용서의 자격》은 살인을 저지른 가해자의 가족 이야기다. 가해자의 가족에게는 아무런 죄가 없으나 이들은 이제 어제와 다를 것 없는 오늘을 기대할 수 없고, 기대해서도 안 된다. 미처 생각해 본 적 없는 가해자 가족의 고통을, 열여섯 살 소년 료헤이의 담담한 독백으로 풀어놓았다.

사춘기의 한복판을 지나는 료헤이는 분노가 끓어오를 때마다 자신에게도 살인자의 피가 흐르기 때문인 것 같아 몸서리친다. 아빠의 잘못으로 나의 삶이 망가졌다는 억울함, 성까지 바꾸었지만 결국은 아빠와의 인연을 완전하게 끊어 낼 수 없다는 절망감에 애써 현실을 부정하기도 한다. 어떠한 해명도 핑계도 없이 가족과의 면회를 거부하는 아빠가 비겁하게만 느껴진다.

쫓기듯 이사를 하고 전학 간 새 학교에서, 또 다른 가해자의 가족인 동급생 도다카가 괴롭힘당하는 모습을 지켜보며 료헤이는 그녀가 주변의 냉혹한 시선을 이겨 낼 수 있기를 진심으로 응원한다. 아마도 자기 자신을 향한 응원이었을 것이다. 그렇게 조금씩 용기 내 보려는 료헤이 곁엔 변함없이 료헤이를 사랑하는 친구들이 있다. 먼저 포기하려 했지만 끝까지 자신을 포기하지 않고 기다려 준 친구들에게 료헤이는 벅찬 고마움을 느끼는 한편, 상처 받기 싫어 상처 내려 한 자신의 행동을 뉘우치며 진심어린 용서를 구한다.

용서를 구할 수 있는 용기와 용서할 수 있는 용기를 배운 료헤이. 6년 후, 그가 스물한 살이 되었을 땐 죗값을 치르고 교도소를 나온 아빠를 용서할 수 있는 어른이 되어 있지 않을까.

2021년 6월

고향옥

용서의 자격

살인자의 아들이 된 한 소년의 고해

초판 인쇄 2021년 6월 23일
초판 발행 2021년 6월 30일

지은이 이토 미쿠
옮긴이 고향옥

책임편집 이슬, 오미현, 신정선
마케팅 강백산, 강지연
디자인 이정화

펴낸이 이재일
펴낸곳 토토북
주소 04034 서울시 마포구 양화로11길 18, 3층 (서교동, 원오빌딩)
전화 02-332-6255
팩스 02-332-6286
홈페이지 www.totobook.com
전자우편 totobooks@hanmail.net
출판등록 2002년 5월 30일 제10-2394호
ISBN 978-89-6496-449-1 43830

· 잘못된 책은 바꾸어 드립니다.
· '탐'은 토토북의 청소년 출판 전문 브랜드입니다.
· 이 책의 사용 연령은 14세 이상입니다.